DATA
冒険者
(世界最強の魔女)
ローナ・
ハーミット
DATA
黄昏の邪竜教団幹部
六魔司教

『そ……そんなとこ〝育成〟しちゃダメだよ♡お兄ちゃん♡』
（（（——我らは今、なにを見せられているのだ!?）））

世界最強の魔女、始めました
～私だけ『攻略サイト』を見れる世界で自由に生きます～

2

坂木持丸
ill. riritto

キャラ紹介	スキル一覧	ガチャ	掲示板	序盤の進め方

ローナ・ハーミット

SSSランクスキル【インターネット】で、この世界の攻略情報や現代知識を得られるようになった少女。

無自覚に周りに多大な影響を与えながら自由気ままな旅を楽しんでいる。

エリミナ・マナフレイム

Aランクスキル【獄炎魔法】を操る、幼くしてギルドマスターとなった天才魔法使い。別名『焼滅の魔女』。

エリートであることに強いこだわりを持つ。

ラインハルテ・ハイウィンド

Bランクスキル【雷槍術】を持つ青年。

膝に矢を受け冒険者を辞めて町の門番をしていたがローナに触発されて冒険者に復帰した。

エルハゥル

隠れ里で暮らすエルフの女王。

毒によって臥せっていたところをローナに救われた。

エルナ

母エルハゥルを想う心優しきエルフの少女。

エルハゥルや他のエルフたちと共にローナから得た現代知識にハマり、ネット用語を使いこなす。

Contents　イベント攻略　マップ攻略　敵キャラ一覧　アイテム一覧

第1話　神になってみた	010
第2話　港町を観光してみた	041
第3話　レイドクエストに参加してみた	052
第4話　ウォール・ローナを作ってみた	066
第5話　ノコギリ（妖刀）を手に入れてみた	082
第6話　秘密兵器を作ってみた	108
第7話　宴会に参加してみた	122
第8話　転移してみた	135
第9話　ご当地キャラを作ってみた	164
第10話　ガチャをしてみた	178
第11話　余罪を増やしてみた	192
第12話　海底を歩いてみた	213
第13話　海底王国に入ってみた	225
第14話　海底王国を救ってみた	250
第15話　報酬をもらってみた	274
第16話　船に乗ってみた	303

第1話　神になってみた

「――うーん、近道になると思ったんだけどなぁ」

ローナがイフォネの町から王都へと出発した翌日――。

ごろ……ごろろ……と、雷鳴がとどろく湿原の中に、ローナは立っていた。

「……困ったなぁ」

周囲を見れば、薄霧の向こうから、ローナへと向けられる無数のモンスターの眼光。

そして、ローナを取り囲んでいるモンスターたちの先頭には……ばちばちと青白い雷をまとった白い獅子がいた。常人なら見ただけで卒倒するような王者の威圧感をまといながら、雷《かみなり》獅子《じし》が一歩、また一歩とローナを追いつめていく。

しかし、ローナは雷獅子のほうを見ることもせず……。

手元に浮かんでいる光の板を、つんつんと指でつついていた。

「えっと……『〝エレクの雷《かみなり》湿原《しつげん》〟のエリアボス――雷獅子エレオン。レベルは50。弱点は地属性と氷属性。縄張りに入ると襲いかかってきて、咆哮《ほうこう》はモンスターを呼び寄せて支配する効果あり』、かぁ」

「グルァアアア――ッ!!」

ローナが手元に視線を落としているのを隙だと判断したのか。

雷獅子が咆哮を上げながら、ローナに飛びかかってくるが――。

「立ち回りのコツは……『前方への〝ダイナミックお手〟攻撃が強力な一方で、後方への攻撃手段はほとんどないため、後ろ足に張りつくように時計回りに動きましょう』、と……」

「グルァッ!?」

ローナは雷獅子の攻撃をひょいひょいっと避《よ》けていく。

まるで、どんな攻撃が来るかわかっているかのように。

雷獅子も負けじと、ばりばりばり――ッ！　とたてがみから青白い雷をほとばしらせるが。

「……『たてがみに雷をまとったあとに、落雷による強力な範囲攻撃が来ます。ただし、溜め時間がかなり長いため、その間にひるませることで攻撃をキャンセルすることができます』、と。それなら――星命吸収《テラ・ドレイン》！」

「――ッ!?」

ローナがそう唱えるとともに、雷獅子をはじめとする周囲にいるモンスターたちのMPが杖へと吸いこまれ――モンスターたちが、がくっと力を失ったようにその場に倒れ伏した。

MPがゼロになったことで行動不能状態《ダウン》になったのだ。

その隙に、吸収したMPを使って。

「周りに人もいないし、全力のぉ――プチアイス!!」

ローナがそう唱えた瞬間。

ぴきぴきぴきぴきィィィィ――ッ！　と。

ローナを中心にして、景色が凍りついた。

周囲にいるモンスターたちも一瞬にして氷像となり、やがてその氷像たちがぽふんっと砕けて、その場にドロップアイテムが落ち――。


『雷獅子エレオンを倒した！　ＥＸＰを８８４４獲得！』『ＬＥＶＥＬ　ＵＰ！　Ｌｖ44→45』『エレクスライムの群れを倒した！　ＥＸＰを４０９獲得！』『エレキメントの群れを倒した！　ＥＸＰを１４０９獲得！』『カミナリウナギの群れを倒した！　ＥＸＰを１１７９獲得！』『パラライカの群れを倒した！　ＥＸＰを１１５０獲得！』『ＬＥＶＥＬ　ＵＰ！　Ｌｖ45→46』『ＳＫＩＬＬ　ＵＰ！　【殺戮《さつりく》の心得Ⅱ】→【殺戮の心得Ⅲ】』『スキル：【スライムキラーⅠ】を習得しました！』

…………。

『称号：【雷獅子を討滅せし者】を獲得しました！』

ローナの視界に、しゅぽぽぽん♪　と大量のメッセージが表示される。

「あ、あれ……もう倒せた？　おおっ、よくわからないけど倒せてる！　うん、やっぱりインターネットに書いてある通り♪」

氷漬けになった湿原の中心で、ローナはぱぁっと無邪気な笑みを浮かべ、そして――。

「わぷっ!?」

ずどぉおおおんッ!!　と、落雷がローナの体を直撃した。

「う、うぅ……これもインターネットに書いてある通り……」

ローナはぷすぷすと煙を上げながら、改めて手元に浮かぶ光の板――インターネット画面へと視線を落とした。

■マップ／【エレクの雷《かみなり》湿原《しつげん》】
常時、雷が落ちてくる高難易度マップ。

金属装備をつけていると落雷の集中砲火を浴びるので注意。また、水場にいるとザコ敵の雷攻撃と落雷でハメ殺されるので、遠回りして陸地を進むのが吉。

ちなみに、２００回連続で雷を避けると、称号【避雷神《ひらいしん》】が手に入る。

主な入手素材は、【天然磁石】【雷結晶《らいけつしょう》】【カミナリーフ】。

そこに映し出されているのは、神々の知識。

本来、この世界の人間には触れることさえできない、この世の真理だった。

「はぁ……ここに来る前に、ちゃんと攻略サイトで〝ぐる〟しとけばよかったなぁ」

ローナはがっくりと肩を落とす。

つい数時間前、インターネットの地図を見ていたローナは、『あっ、雷湿原《ここ》を突っ切れば近道できるかも！』と、軽い気持ちでこの地に足を踏み入れたのだ。

地形が険しくても、ローナには空を飛ぶためのスキル【エンチャント・ウィング】もあるし問題はないだろう……そう軽く考えていたのだが。

（うぅ……まさか、こんなに雷が落ちてくるなんて）

空を飛んでいたところを落雷が立て続けに直撃。

地面に墜落したところでモンスターに囲まれて、今に至るというわけだ。

（うーん、雨もけっこう強くなってきたなぁ。インターネットには、この辺りに雨宿りできそうな建物があるって書いてあるけど……）

モンスターが落とした魔石や素材をいくつか回収しながら、ローナが辺りをきょろきょろしていたところで。

「あっ……あれかな？」

かッ！　と、雷に照らされた廃教会を発見した。

ぼろぼろに朽ちていて、幽霊屋敷みたいな不気味さがただよっている建物だが……。

（う、うん……ちょっと怖いけど、やっぱりインターネットに書いてあることに嘘はないね）

インターネットを改めて確認する。

■マップ／【黄昏《たそがれ》の古代《こだい》教会《きょうかい》】
【エレクの雷湿原】中央にある休憩地点。

休息のほか【料理】【錬金】【鍛冶】などもおこなえる。

【黄昏の邪竜教団】関係のイベントムービーに出てくることで有名だが、探索してもとくになにもない。


（……黄昏の邪竜教団？　いべんとむーびー？　っていうのはよくわからないけど……インターネットに『なにもない』って書いてあるし、本当になにもないんだろうなぁ）

なにせ、この【インターネット】というSSSランクスキルによって得られる情報は、どれも神々の知識なのだ。

インターネットとは、いわば神々の書架。

ゆえに、インターネットに書かれていることに間違いなどあるはずがない。

というわけで。

「それじゃあ……おじゃましま〜す」

ローナは闇にのまれた廃教会の中へと、足を踏み入れたのだった――。

◇

ローナが廃教会に入ったあと、同じく廃教会の薄暗い礼拝室にて。

揺らめく紫の燭台《しょくだい》に照らされながら、妖しげな黒ローブの集団が、長卓を囲んでいた。

「――集まったな、同胞たちよ」

黒ローブのひとりが、フードの下に広がる暗闇の中から声を響かせる。

彼らのフードの奥には闇が広がっており、その顔をうかがうことはできない。

しかし、もしも【マナサーチ】のスキルを持つ人間がこの場にいたら、すぐに卒倒することは間違いないだろう。


――黄昏の邪竜教団・六魔司教《ろくましきょう》。

その6人全員が、人間を超越したマナをその身に宿しているのだ。
さらに長卓の上座には――その6人のマナを足し合わせても敵《かな》わないような、圧倒的な〝存在〟

が静かに座していた。

「……ふん、このような廃墟で話し合いなどと……部外者に聞かれる心配はないのか？」

「くく……問題はないとも。ここは雷の要塞の中……古代遺物《アーティファクト》による雷の迎撃システムにくわえ、最強の番犬——雷獅子エレオンにより守られている。我ら以外に、ここまでたどり着ける人間などおるまい……」

「……だが、例の〝イレギュラー〟のこともある」

「……〝イレギュラー〟というと、ググレカース勢力を滅ぼしたという人間のことか？」

「ああ……そうだ」

それは、彼らにとって想定外の計画の障害だった。なんでも、その人間の少女はググレカース家の娘であり、力がないため追放されたというが……。

「……やつは2週間もしないうちにエルフたちを完全支配し、邪竜教団の傘下にいたググレカース家——さらには、〝焼滅《エリミナ》〟や〝毒裁《ザリチエ》〟すらも屈服させたらしいではないか」

「ふん……それはやつらが弱かっただけのこと。しょせんはただの人間だ」

「……だが〝地下神殿〟の異変も気になる……〝イレギュラー〟がなにかしたとしか思えん」

「……それに、ググレカース家からのマナ供給がなくなるのは痛い……例の古代遺物《アーティファクト》を動かすためのマナが、まだ充塡できていないというのに」

「それにしても……妙だとは思わないか？　例の〝イレギュラー〟の動き……あまりにもできすぎ

ている。まるで……こちらの情報が全て筒抜けであるかのようだ」

「よもや、この中に……内通者がいるのではあるまいな？」

――内通者。

その言葉が発せられるとともに、ぴり――ッ、と室内に殺気が満ちるが。


「…………静まれ」


〝翼〟の司教ジハルドの言葉によって、一触即発の空気は霧散した。

「……我らの計画に変更はない。たとえ、内通者がいたところでな」

ジハルドは司教たちを見回しながら、ゆっくりと語りだす。

「……時は満ちた。七女神も十二星将も力を落とし、古《いにしえ》の大戦の記憶は風化した。強力な古代遺物《アーティファクト》も数多く発掘できている。平和ボケしたこの時代の人間どもは、もはや障害になどならん。〝あのお方〟の封印を解くための〝呪文〟もすぐに手に入るだろう……もはや、今の我らに陰にひそむ理由はない。なればこそ――この穢《けが》れた地上の浄化に向けて、我らも本格的に動くべき頃合いだ」

黒ローブたちが、一斉にこくりと頷《うなず》く。

「……我らの神――終末竜ラグナドレク様を解き放ち、この穢れた地上を浄化する。そのときこそ、闇の時代は再来し……古代王国はふたたび浮上する」

そして、ジハルドが立ち上がり、両腕をゆっくりと広げ――。

「さあ、始めようか――我らの〝エターナル・ヒストリア計画〟を」

そう宣言したときだった。


――かちゃ、と。


上座のほうから、ティーカップが静かに置かれる音が響いてきた。

「「「――――ッ!!」」」

びくっ！　と、黒ローブたちの肩が、一斉に跳ね上がる。

そのまま、彼らはおそるおそる上座を見た。そこにいたのは、ごごごごごごご……と、大気を震わせるほどの圧倒的なオーラをまとった存在――。

それは……〝少女〟の形をしていた。

だが、もちろんただの人間の少女であるはずがない。

（……っ！　っ……凄《すさ》まじいマナだなっ）

（……我ら六魔司教が束になっても、勝てる未来が見えんとは……）

（……これが……格の違いというやつか……っ）

ここにいる六魔司教のレベルは60に到達している。

レベル50に到達した人間でさえ、歴史上ほとんどいないと言われている中でだ。

だというのに――この〝少女〟は、そんな六魔司教でさえ、思わずひれ伏したくなるようなオーラを放っていた。

「……っ………」

黒ローブたちが震えながら、〝少女〟の言葉を待つ。

その視線を受けた〝少女〟は、やがて顔を上げて、黒ローブたちをゆっくり見回すと――。

「………?」

なんで見られてるんだろうというように、きょとんと小首をかしげてから、ぽけーっとした顔でお茶をふーふー冷まし始めた。


(((………で、こいつ誰?)))

それは、六魔司教の気持ちが、初めてひとつになった瞬間であった。

◇

一方、雨宿りのために廃教会を訪れたローナはというと。

………。
フー
誰っ!?

(ふぅ……たまには、雨音を聞きながら、お茶っていうのもおつだよね〜)

たまたま雨宿り先に置いてあった椅子がひとつ余っていたので、ラッキーとばかりに座らせてもらい、アイテムボックスから出した熱々のイプルティーをまったりと楽しんでいた。

(先客がいてくれたのも運がよかったね……なんかお化けとか出そうな雰囲気の場所だし、ひとりじゃ怖かったかも)

同じ長卓に着いている黒ローブの集団を見る。

なんか、ぼそぼそと小さなかすれ声で話しているため、話の内容はわからないが……。

たぶん、この人たちも雨宿りに来たのだろう。雨合羽みたいな服も着ているし。

(それにしても……)

と、ローナは廃教会の中を、きょろきょろと見回した。

(……インターネットに書いてあった通り、本当になにもないところだなぁ)

やることもなくて退屈なので、あくびまじりにインターネットをいじるローナ。

その側では――。

「「「――ッ!?　――ッ!?」」」

びくっ！　びくくっ！　と。

ローナが身じろぎするたびに、黒ローブ集団が反応していた。

（……お、おい、まさか……誰もあの少女のことを知らないのか？）

（……いや、なんか普通に入ってきたから、誰かが知っているものとばかり……）

（……我も、誰かが触れるのを待っていたというか……下手に名前を尋ねたら消されそうなオーラ出してるし）

黒ローブ集団が、こそこそと謎すぎる〝少女〟について話し合う。

彼女はまるで『なにも考えずに雨宿りに来ただけ』みたいな顔をしているが……そんなはずはない。この古代教会は、即死級の雷の結界に、雷獅子エレオンをはじめとした強力なモンスターたちに守られているのだから。

（……おそらく、上位の教団幹部だとは思うが）

（……ああ、あれだけの力を持っているうえに……この場所を知り、当たり前のように上座に着いたのだ……そういうことなのだろう）

六魔司教の会議では、上座には誰も着かないことが慣例だった。それは、六魔司教内で序列づけをしないという理由ではあったが……それでも、六魔司教を差し置いて上座に着ける者など、教団内に数人もいないはずだ。

しかし、このような〝少女〟の存在は聞いたことがない。

ここまで力のある存在がいれば、噂《うわさ》ぐらい聞かなければおかしいはずなのに、だ。

(――い、いったい……この〝少女〟は何者なのだ!?)


わからない。なにもわからない。

ともすれば、『つい最近いきなり世界最強クラスの力を手に入れた一般少女が、たまたまここに雨宿りに来ただけなのでは?』というありえない妄想すら浮かんでくる。

と、そこで。


(……まだわからぬか、同胞たちよ)

そう震え声を上げたのは、黒ローブ集団のひとりだった。

それは、〝角〟の司教タクトス。この六魔司教の中で、もっとも頭の切れる者だった。

(……なにかわかったのか……〝角〟よ……)

(……うむ……あの〝少女〟が着ているローブを見よ)

(――っ!)

そこで、黒ローブたちは気づく。

(あの模様に、あの秘められし力――まさか!?)

(ああ……我は一度だけ、古代遺跡《ダンジョン》の壁画で見たことがあるが……あれはまさに、〝終末竜衣ラグナローブ〟――〝あのお方〟が人間時代に愛用していたローブにほかなるまい)

――終末竜衣ラグナローブ。

それは、あらゆる魔法を弾《はじ》き、持ち主に翼を与えたと言われる神器だ。

邪竜教団の者たちからすれば信仰の対象でもあるローブ。

（しかし……そのローブは〝あのお方〟とともに地底に封印されていたはずだが……）

（ま、まさか――っ!?）

黒ローブたちがはっとして、ローナを見る。

なぜ気づかなかったのだろう。ヒントならばいくらでもあったというのに。

ごごごごご……と、六魔司教をも震え上がらせるほどのオーラ。どこか気品を感じさせる所作。

たとえ伝承とは違《たが》えど、間違えようもない。

この少女こそ、まさに――。


（（（――〝あのお方〟だ!!）））


黒ローブたちの中で、今――全てがつながった。

〝あのお方〟の封印が解かれたという話は聞いていなかったが……封印されている竜の肉体を捨てて、別の肉体に魂を移したのだろう。

そして、なにも言わずに近づいてきたのは、おそらく姿が変わっても自分に気づけるかどうか、そして変わらぬ信仰を捧げられるかどうかを試すためなのだ。

そう考えると、全ての辻褄《つじつま》が合う――。


と、黒ローブたちが確信を得ていた一方で。

（……？　なんか、さっきからすごい見られてるなぁ）

ローナはインターネットをいじりつつ、不思議そうに小首をかしげていた。

『なにか知らないうちにマナー違反をしたのでは？』と、幼い頃から学んできた礼儀作法を意識してお茶を飲んだりしてみたのだが。

むしろ、さらに視線を感じるようになった気もする。

（はっ！　もしかして、この人たち――）

と、そこで、ローナはひとつの可能性に思いいたった。

とりあえず、可能性を検証するために……。

（――アイテムボックス！）

ローナは虚空をぐにゃりと歪《ゆが》めて、そこからティーポットを取り出してみた。

すると、ローナが思った通り、黒ローブ集団がびくっと反応する。

（……お、おい……なんか空間が歪んだぞ……）

（……え……なにそれ、怖い……）

（……い、いったいなにが……？　スキルを発動した素振りもなかったぞ？）

（……わ、わからぬ。だが、我らは今、〝あのお方〟の力の一端に触れているのだっ！）

全身を震わせながら、拝むように両手を合わせる六魔司教の面々。

その様子を見て、ローナは確信する。

（やっぱり、そういうことか……）

思えば、ヒントならたくさんあった。

この黒ローブの人たちが、荷物を持っていなかったこともそうだ。

おそらく、外の雷でほとんどの荷物が焼けてしまったのだろう。それからローナと同じように、慌ててこの廃教会に駆けこんできたに違いない。

そして、最後の『お願いします』『ください』と言わんばかりに両手を合わせるポーズを見れば……さすがに、どれだけ察しが悪くてもわかるだろう。

（この人たち……喉がかわいてるんだ！）

ローナの中で、今――全てがつながった。

ずっとぼそぼそかすれ声で話していたのも、こちらをちらちら見てきたのも、喉がかわいてローナが飲んでいるお茶を気にしていたと考えれば……全ての辻褄が合う。

「あ、あのー、みなさんも飲みますか？」

とりあえず、ローナがちょっと勇気を出して、ティーポットと予備のカップを差し出してみると

――。

「……し、試練は、〝合格〟ということでよいのですか……？」

「……ああ、なんと慈悲深い……っ！　感服いたしましたっ！」

「……我ら一同、永遠にあなた様について行きますっ！」

「わっ」

声を震わせながら、ひざまずいてくる黒ローブ集団。

（そ、そんなに喉がかわいてたのかな？　でも、怖そうな人たちじゃなくてよかったぁ）

ローナは少しほっとする。

話してみるとすごく礼儀正しい人たちだし、これならもっと早く話しかけていればよかったかもしれない。

（うん！　こういう雨宿り先での交流とかも、旅の醍醐《だいご》味《み》だよね！　なんか今……すごく普通に旅をしてるって感じがする！）

思えば、これまでの旅は、まともな旅とは程遠い感じになってしまっていたが……。

ローナが本を読んで憧れた旅とは、そもそもこういうものなのだ。

行く先々で、天変地異が起きたり、世界征服の陰謀が渦巻いていたり、救世主だと崇《あが》められたりする必要はない。

（そうそう……旅っていうのは、こういうのでいいんだよなぁ）

と、ローナはにまにまとドヤ顔をするのだった。

◇

それから、しばらく経った頃。

ローナは黒ローブ集団とともに、廃教会の台所にいた。

「えっと、まず卵と酢を混ぜて……あっ、オリーブオイルは少しずつ入れるのがポイントみたいです」

「……う、ぐ……うぉおおお……ッ！」

「……くっ……はっ……はぁ……っ」

「……信仰を……信仰を、捧げよ……ッ」

そんなふうに、みんなで楽しくボウルの中の〝卵と酢と油の混合物〟をかき混ぜていく。

今、作っているものは――〝まよねぇず〟という料理だ。

これは、インターネットによると〝神々が愛する飲み物〟らしい。

なんでも、神々はこの〝まよねぇず〟を吸引しなければ生きていけず、異世界に行くときはとりあえず〝まよねぇず〟を作るのが基本であり、さらにはエネルギーが豊富に含まれているため非常食・携帯食としても優れているのだとか。

以前、インターネットでたまたま神々が話しているのを見て、気になっていたのだが……。

（材料を買っておいてよかったね。ちょうどいい暇潰しにもなったし）

それに、黒ローブの人たちもお腹《なか》をすかせていたのか、積極的に協力してくれていた。

（……なるほど、あの忌まわしき〝エルフの薄焼き菓子〟みたいなものか）

（……たしかに、神々の携帯食なんてものが完成すれば、補給の概念が……戦争そのものが変わるぞ）

（……なんという深淵なお考えだ）

黒ローブ集団がぼそぼそと話し合う。

（……だ、だが……この卵と酢と油の混合物が、本当に固まるのか……？）

（……おい、貴様……〝あのお方〟への疑いは、死を意味すると思え）

（……これは試練だ……今こそ信仰心を、見せるときッ）

（……あっ、ぁあぁああ――ッ!!　も、もう嫌だぁあ……もう〝まよねぇず〟など作りたくな――ッ）

（――当て身ッ！）

（ぐはぁッ！）

一方、ローナは、黒ローブ集団の様子など、つゆ知らず。

「えへへ」

と、にこにこ笑っていた。

「なんだか、こういう〝みんなでやる作業〟って楽しいですね！」


「「「…………はい」」」


しかし、それからしばらく経っても、ボウルの中の液体は固まらず――。

（うーん……なかなか、うまく固まらないなぁ。黒ローブの人たちもできてないっぽいし、なにかテクニックみたいなのが必要なのかなぁ――あっ、そうだ！　いいこと思いついた！）

ローナは手元にあるインターネット画面を見る。

そこに表示されているのは、〝レシピ動画〟なるものだ。

インターネットの力を知られるのはまずいが……思えば、このレシピ動画を見せただけでは、『インターネットが神々の知識を得られるスキル』ということまではわからないだろう。

（えっと、〝ぷらいべぇともーど〟をいったん切って、と）

みんなに見えるようにインターネット画面をできるだけ大きくして、音量も最大にする。

「みなさん、これを見てください！」

「……それは？」

「これは、〝レシピ動画〟というものです！　えっと、説明は難しいんですが、いろんなものの作り方を教えてくれるものでして……」

「ま、まさか……『創造の書』!?」

「……？　ともかく、見ればわかると思います！」

そして、黒ローブ集団がごくりと唾をのんで見守る中。

ローナが再生ボタンを押し――それは、始まった。


『――そ……そんなとこ〝育成〟しちゃダメだよ♡　お兄ちゃん♡』


えっちな感じの動画広告だった。

（…………えっ、あれ!?　な、なんでぇえっ!?）

頭が真っ白になってわたわたするローナ。

動画タイトルを確認するが間違えてるわけではない、

（あっ、これも広告!?　でも、いつもの×印がない!?　ど、どうすれば……あっ、この『広告スキップ』ってとこをさわればいいのかな……って、広告スキップまで、あと13秒!?）

そうこうしている間にも、えっちな動画広告は流れていく。

無慈悲にも、音量ＭＡＸで……。

『にいに♡　わたしを〝育成〟してほしいの♡』

（……な、なんだ、これは……絵が動いてるのか!?　し、しかし――）

『ふ、ふんっ♡　べつに、にいさんに〝育成〟してほしいだなんて……ちょっとしか思ってないんですからね♡』

（……こ、これが〝あのお方〟が見せたかったもの……？）

『〝育成〟は……不要……でも、この気持ちは……なに？　あたた……かい……♡』

（……〝あのお方〟が見ればわかるとおっしゃったのだ……深淵な意味があるはず、だが）

『おにーさまのためなら、わたしはまだ――羽ばたけるっ♡』

（わ、わからぬ……〝お兄ちゃん〟とは……〝にぃに〟とは、なんなのだ!?）

（（――我らは今、なにを見せられているのだ!?））

『さあ、君だけのえっちな妹を作り上げろ！』

『リリース記念キャンペーン開催中！　今すぐ「シスロワ」で検索！』

「「……………………」」

広告が終わり、地獄のような沈黙が部屋を包みこんだ。

（う、うぅ……き、気まずい……）

ローナも動画再生ボタンを押すことを忘れて、無言で顔を覆っていた。

それから、どれだけの時間が経っただろうか。

「……これが、見せたかったもの……そうか……」

「……皆の者、〝なすべきこと〟は、わかったな？」

「ああ……では、始めようか、同胞たちよ」


「「「——**我らだけの〝えっちな妹〟を作り上げるのだ!!**」」」


「やめてください」

そんなこともあったが、改めて再生した〝レシピ動画〟によって〝まよねぇず〟作りは順調に進んでいった。そして、ついに——。

「で、できた……できたぞぉおおお———ッ!!」

黒ローブのひとりが、歓声を上げながらボウルを高々と掲げる。

その中には、べちゃっとした白いものがあった。

「わぁ！　それです！　これが〝まよねぇず〟です！」

ローナも歓声を上げて、「いぇ〜い！」と黒ローブ集団とハイタッチをしていく。

「……これぞ……我らの信仰の証《あかし》……」

「……ふっ……　〝やり遂げた〟、な」

「……だが、なぜ……あの液体が固まるのだ？　魔法もスキルもなしに……」

「……これは錬金術の深奥……　〝スキル〟や〝魔法〟といった世界のシステムから逸脱した叡智《えいち》の結晶だ」

「……っ！　〝あのお方〟は、その存在を伝えるために……」

よほどうれしかったのか、黒ローブの人たちのテンションも上がっているようだった。

（うん、〝まよねぇず〟作りを楽しんでもらえたみたいでよかったぁ）

と、ローナまで少しうれしくなってくる。

「あっ、そうだ！　〝まよねぇず〟完成記念に、みんなで記念撮影をしましょう！」

「「――っ!?」」

そう、ローナはこんなときのために、イフォネの町で〝カメラ〟を買っておいたのだ。

貴重な古代遺物《アーティファクト》ということで値段はそれなりにしたが、やっぱり今後の観光には必須のものだろう。

というわけで――。

「撮りま〜す！　1＋1は〜？」

「……2だ」「……愚かな、引っかけだ」「……そう、全ての条件下で『1＋1＝2』は成立しない……」「……万物の理は、ひとつにあらず……」

「……ゆえに、答えは〝沈黙〟」

――カシャッ！

『祝☆まよねぇず完成記念！』『我らの絆《きずな》は永遠だよ☆』と書かれた垂れ幕の前で、みんなで思い思いのポーズを取り、たくさん写真を撮っていく。

「わぁ、〝エモい〟感じに撮れてますよ！」

「……〝エモい〟」

「……くくく……〝映《ば》える〟な……」

「……貴様ら、気を抜くな……まだ〝盛れる〟はずだ」

さっそく黒ローブの人たちも、ローナから教わった〝神々の言葉〟を使いながら、皿に盛った〝まよねぇず〟の山を、飾り切りしたフルーツなどでデコっていく。

そんなこんなで、〝まよねぇず〟の撮影会も終わり。

「――いただきま〜す！」

いざ、実食。

みんなでテーブルを囲んで、スプーンで白いべちゃべちゃの塊をすくい上げて、口に運ぶ。

神々が愛する料理――〝まよねぇず〟。

はたして、そのお味は……。

「………うん」

7人分のスプーンが、ことりとテーブルに置かれた。

ローナも含めて、みんなの気持ちがひとつになる。

(((………調味料なのでは、これ?)))

◇

黒ローブ集団との〝まよねぇず〟作りを終えたあと。

ちょうど雨もやんだようなので、ローナはみんなに写真と〝まよねぇず〟を配っていた。

「――というわけで、〝まよねぇず〟は冷暗所で2週間ほど保存がきくそうなので、それまでに食べてくださいね。あっ、失敗したやつもドレッシングにするとおいしいらしいです」

「……ありがたき幸せ」

「……大切に神殿に祀《まつ》らせていただきます」

「まつる?」

「……それと、我らからはこれを」

と、黒ローブ集団が荒削りの水晶のようなものをわたしてきた。

「これは？」

「……〝召喚石〟と言われる古代遺物《アーティファクト》です」

「……これに登録された者を、一定時間、召喚することができます」

「……もしも、我らの助力が必要なときは、これを使ってお呼びください……いつでも駆けつけましょう」

「わぁ！　ありがとうございます！　これで、私たちは〝ズッ友〟ですね！」

「…………〝ズッ友〟？」

なんだか、すごく価値のありそうなものをもらってしまった。

ローナとしては、そこまで感謝されることをした覚えがないのだが、せっかくの厚意なので受け取っておく。

ちなみに、インターネットで〝召喚石〟について調べてみると。

■アイテム／【召喚石《しょうかんせき》】

ソロプレイ時に一緒に戦ってくれるNPCを呼ぶための水晶石。基本的には【召喚】で手に入るが、クエスト報酬やNPCの好感度報酬で入手できることもある。

とのことだった。

インターネットの説明はよくわからない部分も多いが、どうやら〝仲良しの証〟みたいなものらしい。

「それじゃあ、いろいろとありがとうございました！　またお会いしましょう！」

ローナは満面の笑みで手を振ると。

【エンチャント・ウィング】を発動して、背中から白い光の翼を生やして飛び立った。

それを見送った六魔司教の面々は、ようやく緊張が解けて、「……ふぅ」と一斉に肩から力を抜く。

「……あれが我らが神……嵐のようなお方だったな……」

「ああ……だが、最高の時間だった」

「……このような気持ちを抱いたのは、いつ以来か……」

「……滅ぼすことしか知らぬ我らが……なにかを作りだすことになるとはな」

「…………ふん」

それから、彼らは目の前に視線を向け――。

「……それより、なぜ雷湿原が凍っているのだ？」

「…………知らん」

一方、ローナは次の町へ向けて飛びながら。

（なんだか、すごく親切な人たちだったなぁ……）

と、しみじみと思い返していた。

なんだかんだで、こういう旅先の一期一会も悪くない。

（やっぱり、旅って楽しいなぁ……本当に、旅に出てよかった）

たくさん綺麗《きれい》な景色を見られるし、たくさんおいしいものを食べられるし、今日みたいにいろいろな人と出会うことができる。

そのきっかけをくれたインターネットには感謝しかない。

（それはそうと、次の町――『港町アクアス』はこっちかな）

ローナはインターネットの地図を改めて確認する。

近道をするつもりが、けっこう時間をかけてしまったが……。

休憩もできたし、英気も養えた。

――港町アクアス。

そこから船に乗れば、目的地の王都まではすぐそこだ。

第2話　港町を観光してみた

「――わぁ、海だぁっ！」

エレクの雷湿原を、とくに何事もなく抜けたあと。

ローナが丘の上から眼下を見わたすと、そこには宝石をちりばめたようなスカイブルーの海が広がっていた。その海沿いに立ち並ぶのは、眩《まぶ》しいほどの白亜の家たち。

その光景は、まさに――。

（――さっき、インターネットで見たやつと同じだ！）

予習は基本だった。

むしろインターネットで見たときのほうが、もっと綺麗だった気もするが……。

それでも、ローナは目をキラキラさせたまま、改めて手元のインターネット画面に視線を落とす。

■地名／【港町《みなとまち》アクアス】

メインストーリー序盤に訪れる町。

港町だけあって店売りのアイテムの種類が多く、砂浜では【釣り大会】や【ビーチバレー】などのミニゲームを楽しむことができる。

また、この町から船に乗れるようになり移動先が一気に増える。

名物は【かにかにランチ】【アクアスパッツァ】【ハイパーサザエ】など。

（とりあえず、『王都行きの船が出る』って聞いて来たけど……シーフードも食べられるし、遊ぶところも多いみたいだし、本当に来てよかったぁ！　やっぱり、一度は海も見てみたかったしね）

しみじみと深呼吸をすると、海から吹いてくる風が肺いっぱいに流れこんでくる。

（お、おぉぉ……これが〝潮の香り〟！　たしか、海の生き物の死骸のにおいで、人の口臭と同じにおいなんだよね！）

インターネットで変な知識をつけ始めたローナであった。

とはいえ、海を初めて見たローナには、目に映るもの全てが新鮮で。

インターネットではわからない空気感のようなものも体感できて、ローナのテンションはいつもより上がっていた。

（おぉお……すごいっ！　海！　広いっ！　うわっ、あんな大きい船が浮かんでる！　すごいっ！　海！　すごい！）

ローナはもっと遠くまで見ようとぴょんぴょん飛び跳ねるが、海の果てはまったく見えず。

「ははっ。元気だねぇ、お嬢ちゃん」

「……っ！」

やがて、後ろを馬車で通った商人（美少女）にくすくすと笑われて、はっと我に返る。

「こ、こほん……とにかく、町に入らないとね」

ローナは少し顔を赤らめながら、わざとらしく咳払いすると。

さっそく町へと足を向け――。


「それじゃあ――猪突猛進《ちょとつもうしん》っ！」


「ぬわっ!?」

ずどどどどどどどどォオオ――ッ!!

と、土煙を盛大にまき上げながら、街道を爆走し始めた。

「な、なんだったんだ……あの子……？」

先ほどすれ違った商人が、目をぱちぱちさせている間にも、ローナは港町アクアスの市門前まで到達し――。


「――こんにちは～っ！」

「な、何者だっ!?　それ以上、近づくな……っ！」

「う……うわあぁあぁあああ――っ!?」

「襲撃！　襲撃ぃッ！　退くな！　私たちの町を守れぇえッ！」

そんなこんなで、なぜか衛兵たち（美少女）に槍《やり》や弓を向けられながら、ローナは冒険者カードを見せて入市のための手続きをした。

「あ、ああ、冒険者だったのね。しかも……シルバーランク!?　その歳で!?」

「す、すまないね、武器を向けて。ここのところモンスターが多いから、つい……」

「そうなんですか？　大変そうですね」

たしかに、衛兵たちは疲れた顔をしているし、武器や鎧《よろい》もボロボロになっていた。なにかトラブルでも起きているのだろうか。

「もしかして、この子……この町の状況を知らずに？」

「……でも、シルバーランクなら、この町を……」

「やめなって……さすがに、こんなかわいらしい子を巻きこむのは……」

「……？　どうかしたんですか？」

なにやらひそひそ話しだした衛兵たちを見て、ローナが首をかしげると。

衛兵たちは、なぜかローナを気の毒そうに眺めた。

「いえ、その……ね？　あなたは腕に自信があるかもしれないけど……悪いことは言わないわ。明日になる前に出ていったほうがいいわよ」

「明日？　なにかあるんですか？」

「……ええ」

衛兵がなぜか重々しく頷くと。

その言葉を発することさえ恐れるように、震えた声で言った。


「明日は――　〝水曜日〟だからね」


「……？　そうですね？」

と、よくわからない言葉に首をかしげつつ、ローナは町へと入った。

それから、インターネットの地図を頼りに宿屋へと向かうと。

やつれた顔をした宿屋の娘（美少女）に出迎えられた。

「……こんな時期にお客さんなんて珍しいね。この町になんの用？」

「観光です。急ぐ旅でもないので、とりあえず1週間ほど滞在したいなー、と」

「……正気？　明日は……　〝水曜日〟だよ？」

「はい？」

なにやら、ここでも変な目で見られてしまった。

（……なんだろう？　水曜日？）

謎めいた言葉に、少しだけ気になるも……。

べつに水曜日が来たからって、なにが起こるとも思えない。

（まあ、あとでゆっくり〝ぐぐる〟すればいっか！　それより、今は観光だね！　ふへへ……お金もけっこうあるし、1週間ぐらいバカンスしても誰にも文句言われないもんね～）

新鮮な海産物に、砂浜でのミニゲームに、遊覧船……。

見たいものや食べたいものが、たくさんある町だ。

観光しないなんて、とんでもない。

そういうわけで、ローナは宿で軽く休憩したあと、さっそく魚市場へと向かってみた。

（新鮮なシーフードかぁ……どんな味するのかなぁ。楽しみだなぁ）

魚の干物や塩漬けは内陸部でもよく食べたが……新鮮な海産物というのは、めったに出回らない高級品だった。実家の屋敷にいたときも食べさせてもらえなかったし。

「えっと、魚市場はここかな？」

と、ローナはわくわくしながら魚市場へと入る。

インターネットによると、そこには色とりどりの魚や貝が並べられ、活気のある売り子たちの声が飛びかい、屋台からはハイパーサザエをあぶる煙が立ちのぼっている……はずだったが。

「あ、あれぇ……うーん？」

思わず、ローナはインターネットの地図と、周りの建物を確認した。

やはり、ここが魚市場で間違いないはずだ。

しかし――。

（……な、なにこれ？　店が……全部、閉まってる？）

魚市場はがらんとしていた。

店主や客の姿はなく、どこもかしこも無人。

魚を並べるための棚は何者かに壊されている。

もはや、寂れているというレベルではない。事件性を感じさせる閑散具合だった。

お腹をすかせているらしい猫たちが、にゃあにゃあとローナの側へと集まってくる。

「な、なにかあったのかな……？」

猫に尋ねるも、にゃあっと首をかしげられるだけだった。

とりあえず、ローナはきょろきょろしながら市場通りを進んでみるが……行けども行けども、人の姿は見えず。

（し……シーフード……）

さすがに、これでは観光どころではない。

この町の人たちはどこへ消えたのか……と思っていたところで。

「……ん？　あれ、こっちから声が？」

遠くから、かすかに喧騒《けんそう》が聞こえてきた。

そちらへ足を向けてみると、やがて市場通りを抜けて、船着き場へと出た。

そこで、ローナの目に入ってきたものは──。


「お願いだぁあっ！　船に乗せてくれぇえっ！」

「うわぁああっ！　逃げろぉおおっ！」

「この町はもうおしまいだぁああっ！」


世界の終わりみたいにパニックになった住民たちが、船着き場へと押し寄せている光景だった。

（……うん……なんか、最近こんなのばっかだなぁ）

ちょっと慣れてきたローナであった。

というか、自分が町に入るたびに、こんな光景と出くわしているような気がする。

それに思い返せば、ただ町を歩いているだけでも、やたらと困っている人や事件に遭遇してきたような……。

（……あ、あれ？　常識的に考えて、事件に遭遇しすぎじゃない？　もしかして呪われてるのかな、私……？）

なんだか少し怖くなってきた。

（で、でも、今回はまだなにもやってないし……私は悪くないよね？）

記憶をたどってみるが……ローナがやったことといえば、ちょっと雷湿原を氷の大地に変えたり、雨宿り先で黒ローブの集団と仲良くなったり、超高速で町へと接近して衛兵たちを驚かせたりしたことぐらいだ。

とくに騒がれるようなことをした覚えはない。

（とりあえず、考えていてもわからないし……）

というわけで、近くにいた人（美少女）に事情を聞いてみることにした。

「あのぉ、騒がしいですが、どうしたんですか？」

そう尋ねてみると。

「き……決まってるでしょ！　逃げるのよ――〝水曜日〟から！」

「水曜日？」

また〝水曜日〟だった。

ローナがきょとんと首をかしげていると、その町民はなぜか弁明するようにまくし立ててくる。

「す、〝水曜日〟が悪いのよ……っ！　あたしたちだって故郷の町を捨てたくなんかない！　だけど、この世に〝水曜日〟なんてものがあるからっ！」

「なるほど」

ちょっと意味がわからなかった。

なにを言っているんだろう、この人。

しかし、他の人の声にも耳をすませてみれば――。


「い、いやだぁあああっ！　〝水曜日〟は、もう嫌なんだぁあああっ！」

「俺から全てを奪った〝水曜日〟が――憎い」

「おのれ、〝水曜日〟めぇぇ……ッ!!」


（……水曜日への憎しみがすごい）

意味はわからないが、どうやら本人たちは真面目なようで。

さすがのローナも、なにかがあると気づき始める。

（いったいなにが……うん、考えるの面倒臭いし、とっととインターネットで調べよっと）

攻略サイトの検索欄にとりあえず『水曜日』と入れてみると、すぐにそのページを発見した。

「こ……これは……っ！」

思わず、ローナは目を見開く。

そこに書かれていたのは――。

■曜日クエスト／【水魔侵攻《すいましんこう》レイド】
【開催場所】：【港町アクアス】
【開催日時】：水曜日6：00～23：59
【参加条件】：冒険者ランク・ブロンズ以上
【参加報酬】：クリアランクに応じた報酬
【推奨レベル】：20以上
◇説明：水曜日は【港町アクアス】でモンスターが大量発生♪
水属性素材ドロップ確率2倍＆経験値2倍!!
クリアランクに応じて豪華報酬もゲットできるお得なチャンス♪
フレンドと一緒に参加しよう☆（※公式SNSより抜粋）

（うん……なんかノリが軽いけど……たぶん、これだね）
こうして、ローナは知ることになる。
特定の曜日になると起こる、謎のモンスター大量発生。
それを、神々の言葉でこう呼ぶらしい。

――『曜日クエスト』、と。

第3話　レイドクエストに参加してみた

――曜日クエスト。

それは、曜日ごとに特定の地域でモンスターの大量発生が起こる大災厄のことらしい。

モンスターの発生原因は不明だが……。

港町アクアスでは、『水曜日の朝日とともにモンスターの大群が現れ、港町アクアスの防壁や施設を破壊し、水曜日が終わるとともに去っていく』とのこと。

そんな曜日クエストが発生する港町アクアスは、今――どんよりとした空気に包まれていた。

「……王都行きの船？　悪いが、もうしばらくは出せる余裕がないな。〝水曜日〟のせいで船をあらかた壊されちまったからなぁ」

「え、シーフードが食べたい？　悪いけど旅人に売れるほどの余裕はないよ。〝水曜日〟のモンスターたちが食料の備蓄を全部持っていっちまうせいで、自分たちが食いつなぐだけで精一杯だからねぇ」

「領主のググレカース家やそのお抱えのやつらも、すぐに逃げだしてなぁ……おかげで、今この町は指揮系統もぼろぼろだよ」

「悪いことは言わんから、嬢ちゃんも逃げたほうがいい――〝水曜日〟が来る前に、な」

そう言って、ローナにいろいろ話してくれた町民たちは、そそくさと去っていく。

とりあえず、この町の状況はなんとなくわかった。

（うーん、この曜日クエストってやつを、なんとかしたほうがよさそうだね……）

このままでは、観光をするどころか、王都行きの船に乗ることすらできない。

それに、この状況を見て見ぬふりするのは、さすがに良心が痛むだろう。

（そういえば、冒険者ギルドはどうしてるんだろ？）

モンスターの大量発生といっても、来るタイミングがわかっているわけだし、どうとでも対処はできそうなものだけど……。

と、そんなことを考えていたところで。

「わぷっ」

ひゅぅうう……と。

どこからか風で飛んできた紙が、ローナの顔に張りついた。

「ん、これは……？」

紙を顔から剝がして、何気なく中身を見てみると――。

★未経験者歓迎♪　冒険者募集中!!★
～あなたもこの町のために心臓をささげてみませんか?～

・やりがいのある仕事に心臓をささげてみたい。
・最近、時間がなくて心臓をささげられていない。
・年齢とともに、心臓のささげ不足が気になりだした。

そんな方におすすめのアットホームなギルドです♪
今なら無審査・即日活動可能！　研修旅行やＯＪＴも充実！
ギルド創設以来『労災ゼロ』！　たった１週間で管理職になった若手多数！
みなさまの心臓、どしどしお待ちしております♪

冒険者ギルド・アクアス支部

（こ、これは……）
ローナが、はっとする。
何度もその文面を読むが、間違いない。
最近、インターネットで見た、とある言葉が脳裏をよぎる。

（このギルドは、もしかして……〝ホワイトきぎょー〟というやつなのでは？）

なにはともあれ、インターネットにも『曜日クエストの参加は、冒険者ギルドの集会所から』と書いてあったので、ローナはひとまずギルド集会所へ向かうことにした。

閑散とした町を歩いて、冒険者ギルドの集会所前にやって来たところで。

「――や、やってられるかっ！」

「わっ」

集会所の中から、若い冒険者（美少女）が飛び出してきた。

そのまま逃げるように走り去っていく冒険者を見て、ローナはきょとんとする。

（……？　どうしたんだろ？）

ローナが首をかしげながら、出ていった冒険者と入れ違いに集会所へと入ると。

集会所の中は、どんよりとした空気が満ちていた。

ぐったりとテーブルに突っ伏している冒険者。床に寝袋を敷いて寝ている冒険者。うつろな目をして書類仕事をしているギルド職員たち……。

しばらく掃除もされていないのか床にはゴミが散乱し、壁には大量の依頼票や棒グラフやスローガンの紙がごちゃごちゃと貼られている。

そんな集会所に、ローナが足を踏み入れた瞬間――。

「「「……………………」」」

品定めするような視線が、ローナに集まった。

（あ、あれ……アットホーム、じゃない？）

ローナは困惑しつつも、とりあえず受付へと向かう。

受付では、これまた疲れきったような受付嬢（美少女）がテーブルに突っ伏していた。その周りには、書類やら回復薬の空き瓶やらが山と積まれている。

「むにゃむにゃ……もう働けませんよぅ……うへ……うへへへ……」

「あ、あのぉ……」

「はい、なんでしょうか？」

（うわっ!?　いきなり起きた……）

「どうかされましたか？　また町のどこかでトラブルが？　ふひっ」

「い、いえ、冒険者なんですが……水曜日クエストに参加したいなー、と」

「……っ！」

ローナが答えた瞬間、受付嬢がはっと目を見開いた。

集会所にいる冒険者たちも、にわかにざわつきだす。

「ふ、ふふふ……」

「あ、あの……？」

受付嬢が無言で、がしっとローナの手をつかんでくる。

逃さないぞという意思を感じさせる異様な握力だった。

そして。

「キタァアア――――ッ!!」

受付嬢が集会所中に響くような声で叫んだ。

「いやぁ、よかった！　ちょうど今、ひとり逃げ……ステップアップしてしまったところでして、ええ！　いやぁ、いいタイミングで来ましたね！　やりがいのある依頼がたくさんたまってますし、稼ぎ時ですよ！　ふ、ふふふふふふ……っ！　さあ、この奴隷契約書《インターン》にサインを！」

「あ、はい」

前のめりになってまくし立てられ、ローナが思わず書類にサインをしかけたところで――。


「――やめなさい」


ふいに、凛《りん》とした声がかけられた。

ふり返ると、集会所の奥から、美しい女性がこちらに歩み寄ってきているところだった。

聖女といっても信じてしまいそうな、神聖さすら感じる清楚《せいそ》なたたずまい。

地位がある人なのか、彼女を見た瞬間――その場にいた誰もが口をつぐみ、緊張感が辺りを包む。

「……ぎ、ギルドマスター」

受付嬢が決まりの悪そうな顔で、彼女をそう呼ぶ。

ローナも思わず彼女に見とれて、ごくりと唾をのむ。

（す、すごい綺麗な人……だけど、あれ？　なんだろう、この違和感……妙だな）

彼女を見た瞬間、なぜか頭の中に引っかかるものがあった。

その違和感の正体に、ローナは少し遅れてから、はっと気づく。

（そういえば、最近会う人……美少女が多すぎない？　たまたまかな……？）

この世界の真理の一端に触れてしまったローナであった。

一方、ギルドマスターと呼ばれた女性は、ローナたちの前で立ち止まると、「ふぅ……」と溜息をつく。

「騒がしいと思えば、またこんなことをしていたのね。この町が危機であることも、人手が足りないのもわかるけど、こんな……こんな……きゃわ――こほんっ！　こんなかわいらしい子を戦場に向かわせることは見過ごせないわ」

それから、彼女はローナへと向き直り、優しげな微笑《ほほえ》みを向けてきた。

「……この町の事情に巻きこんでしまってごめんなさいね、かわいい旅人さん。わたしはこの冒険者ギルド・アクアス支部のマスター、アリエス・ティア・ブルームーンよ」

「え、えっと！　私はローナ・ハーミットでしゅ……ですっ！」

「んんんん――ッ!!」

「え？」

「こほん……なんでもないわ。ちょっと内なる自分と闘っていただけよ」

「は、はぁ」

「ともかく、ローナちゃんみたいな子が、この町のために戦おうと名乗り出てくれたことは、とてもうれしいわ。でも……あなたにはまだ、この町の〝水曜日〟は危険だと思うの」

「え、そうなんですか？　推奨レベルは20以上って話ですが」

「推奨レベル？　というのは、よくわからないけど……あれを見て」

そう言って、アリエスが指さした先には——冒険者たちがいた。

しかし、ローナが今まで見てきた冒険者とは、あきらかにまとっている空気が違う。どこかで地獄を見てきたかのように目を暗く濁らせ、傷だらけの装備をまとい、誰もが歴戦の風格をかもし出していた。

「あの人たちは……？」

「……この町の〝水曜日〟を見てきた者たちよ。面構えが違う」

「水曜日を見ただけで、あんなふうに……？」

「ええ……わたしたちも最初は〝水曜日〟を甘く見ていたわ。モンスターの大量発生といっても、週に1回だけ。そのうち大量発生が終わるという希望もあったから、最初は『〝水曜日〟のおかげで儲《もう》かるな』なんて笑っていられた。でもね——」

と、アリエスは言葉を切り、唇をきゅっと引き結んだ。

「……〝水曜日〟は1年以上もくり返されたの。モンスターはいくら倒しても減ることはなく、だんだん町の人たちの心がすり減っていって……そして、崩壊は一瞬だったわ」

アリエスは静かに語る。

初めて町にモンスターがなだれこんできたときのことを。

「市場や倉庫が破壊され、食料が奪われ、兵士たちは逃げだし、人々がパニックになり……そこからは、もう泥沼よ。モンスターの目的が『町の破壊』にあるのか、奇跡的にまだ犠牲者は出ていないけど……それも時間の問題でしょうね。すでに商人も冒険者もこの町を見限ったわ。人も物資もなく、すり減った装備の修理もできず、そこまでして戦っても手に入るモンスター素材が値崩れしているせいで儲けにならない……この町に残っているのは、もはや町と心中しようとしている死兵だけ。それが……この町の現状なの」

（……よ、曜日クエストって、怖い）

語られたことはインターネットで知識としては知っていたが、その恐ろしさまではわからなかった。

「で、でも、大丈夫なんですか？　それなら、なおのこと人手が必要なんじゃ……」

「ふふっ。そんな顔をしないで、ローナちゃん。大丈夫よ、わたしたちだけでも、いつか必ずこの〝水曜日〟を終わらせて、港町アクアスを以前みたいな残業のない平和な町に戻してみせるわ。だから、そのときは……またこの町に来てね？　この町のおいしいものを、たくさん用意して待ってるから」

「…………アリエスさん」

そう語るアリエスの瞳には、確固たる決意が宿っていた。

そんな瞳を見てしまったら――。

（ど、どうしよう……『攻略法とか全部わかるので、さくっとクリアしときますね！』とは言いづらくなってきた）

ローナとしては、正直さっさと曜日クエストを解決して、観光を楽しみたいのだが。

ただ、よく考えてみれば……ローナは集団での戦闘をしたことがない。

下手にレイドクエストに参加しても連携を取れないだろうし、ローナが魔法をぶっ放せば町が滅びかねない。というか、むしろモンスターよりもローナの魔法のほうが脅威度が高いまである。

（そっか、私はまだ未熟だったな。もしかして、アリエスさんはそのことに気づいて……）

個人での戦いと、集団での戦いは違う。

そして、ローナは集団戦にはあまりにも不向きだ。

この弱点を克服するまでは、レイドクエストに参加するべきではないだろう。

そのことに、ローナはようやく気づいたのだった。

「……わかりました。水曜日クエストへの参加はやめます」

「わかってくれたのね」

「はい。私にはまだレイドクエストは早かったなと」

考えてみれば急ぐ旅でもないのだ。

遠回りにはなるが、この町の船に乗らなくても王都には行けるし、観光ならまた今度すればいい。

それにアリエスたちなら、きっとこの町を復興させることもできるはずだ。

「あっ、ただ素材の換金だけはしてもいいですか？　この町に来るまでに、けっこう素材を拾ってきたんですが」

「ええ、大丈夫よ。正直、お金に余裕はないけど……〝水曜日〟のせいで商人も来ないから、今はなにより物資が欲しい状況だしね。素材にかえてくれるなら、むしろ大助かりよ」

「そうですか！　よかったぁ、アイテムボックスがそろそろいっぱいになりそうで」

「……？　まあ、とりあえず手持ちの素材があるなら、この受付の上に出してね」

「わかりました！　えっと、それじゃあ……」

これ幸いと、ローナがアイテムリストを操作し――。


「「…………………へ？」」

アリエスと受付嬢が、思わず硬直する。

　ローナが小さな鞄《かばん》しか持っていなかったので、たいしたものは持っていないと考えていたのだが……。

　ぽいぽいぽいぽいぽいぽいっ！　と。

　虚空に開いた黒い穴から出てくるのは、大量のレア素材だった。もちろん受付の上には収まりきらず、床の上にも山ができ始める。

（こ、これは、幻の薬草マボロリーフ？　こっちは、もしかしてエレクの雷湿原の素材？　というか、どっから出してるの……？）

　なにが起きているのかわからない。ただ、床に適当に転がされた素材のひとつを見て、アリエスはおそるおそるローナの顔を見た。

「あ、あの……これは、もしかして……雷獅子エレオンのたてがみ、だったりする？」

「エレオン？　あー、そういえば倒したかもしれません」

「そういえば、って……え？　雷湿原を通ってきたとか言わないわよね？」

「あっ、はい！　近道だったので！」

「近道……」

　もしも話が本当ならば、歴史に残るような偉業だ。

　そもそも、雷獅子エレオンがいるエレクの雷湿原に入ること自体が、並の冒険者には不可能なのだから。

今まで雷湿原から帰ってくることができたのは、5年前に消えた天才〝疾風迅雷のラインハルテ〟のパーティーのみ。

雷湿原のモンスターを倒して素材を持ち帰る……ただそれだけで、ラインハルテは若くしてゴールドランクに昇格する資格を得て、この地方に名をとどろかせたのだ。

そのことを、この場で知らない者はおらず——。


(((……な、なんか、やばい子が来た)))


冒険者たちの気持ちがひとつになった。

それに——。

(い、今まで市場に出回らなかった雷の属性素材が、こんなに……これを使って武器を作れば、〝水曜日〟のモンスターの弱点をつける……それに、エレオンを倒せるローナちゃんもいれば……あれ？　も、もしかして、本当に——)

——〝水曜日〟を攻略できるのでは？

いきなり現実味が出てきたその希望に、アリエスは「ふ……ふふふ……」と笑いだし——。

そのまま、ローナの肩をがしっとつかんだ。

「え、えっと、アリエスさん……？　どうかし——」

「――ようこそ、アクアスの冒険者ギルドへ!!　ここは明るくアットホームなギルドよ!!」

「……え？」

いきなり笑顔で歓迎されたローナが、目をぱちくりさせる。

「でも、私はすぐに、この町から出てい――」

「なにを言ってるの？　今日からローナちゃんは、わたしたちの仲間でしょう？」

「えっ、さっきは――」

「さあ、みんな!!　新たに仲間となったローナちゃんを、全力で接待――歓迎するわよ!!　はい、拍手ぅッ!!」

「……え？　……え？」

気づけば、満面の笑みを浮かべた冒険者たちが、ゆらりゆらりと逃げ場をふさぐようにローナを取り囲み、なぜか「おめでとう」「おめでとう」「おめでとう」と拍手をし始めた。

その変わりように、ローナは少しぽかんとしてから――。

（わぁ……やっぱり、アットホームでいいギルドなんだなぁ！）

と、目をキラキラさせて感激したのだった。

第4話　ウォール・ローナを作ってみた

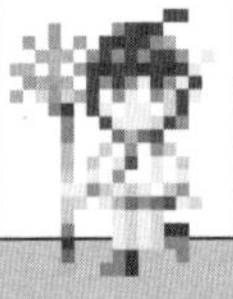

港町アクアスの冒険者ギルドで、水曜日クエストを受注したあと。

『水曜日クエストへの準備を手伝ってほしい』と頼まれたローナは、アリエスたちとともに町の近くにある海岸まで来ていた。

「わぁ……綺麗……」

ローナの視界に飛びこんできたのは、一面の水色と白色の世界。

パールを敷きつめたような白光りする砂浜の先には、綺麗な水色の浅瀬がどこまでも広がっている。

「えっと、ここはたしか……ウルス海岸っていうんですよね」

「よく知ってるわね、ローナちゃん！　かわいくて物知りとか最強ね！」

「え？　あ、はい……？　それで、私はここでなにをし——」

「えぇえええっ!?　ウルス海岸を知ってるなんて、すごすぎるぅううッ!?」

「いやいやいや!?　博識すぎるだろぉおおおっ!?」
「ローナ様すげえええええッ!?」

と、一緒について来ていた冒険者たちからも、絶賛の声が上がりまくり。

「「「――ローナ!!　ローナ!!　ローナ!!」」」

わぁあああァアアア――ッ!!　と。
割れんばかりの喝采とローナコールがわき起こった。

「……え？　……え？」

歴戦の冒険者たちが、疲弊した腕をちぎれんばかりに振り上げ、張り裂けるほどに声を張り上げる。

これは、この町の命運をかけた冒険者ギルド全力の〝接待〟だった。
（この接待に、町の命運がかかってる……っ！）
（とにかく褒めて褒めて褒めまくるんだ！）
（どうだ!?　効いてるか!?）
冒険者たちが内心で固唾をのんでローナを見ると。

しばらくきょとんとしていたローナは、やがてもじもじと照れくさそうに頭をかき――。

「え、えへ……えへへ……そ、それほどでも……？」


(((よし、効いてるぞ!!　もっとやれ!!)))

わぁっ！　と冒険者たちがさらに歓声を上げた。

「で、でも……あの、恥ずかしいので……普通に会話してほしいなー、と」

「えぇえぇえっ!?　普通に会話をしてほしいだなんて、すごすぎるぅぅうっ!?」

「いやいやいや!?　謙虚すぎるだろぉおおおっ!?」

「ローナ様すげえぇえぇえっ!?」

「あの……みなさんのキャラって、そんな感じでしたっけ？」

そんなこんなで、しばらく褒めちぎられたあと。

アリエスがようやく、この海岸に来た目的を話してくれた。

「というわけで……このウルス海岸こそが、〝水曜日〟にモンスターが発生する地点なの。ここに防壁を作って、モンスターが町に入ることを防げれば……この町にいても安全だって思ってもらえるでしょう？　そうすれば、また町に人が戻ってくると思うの」

「なるほど。ただ――」

と、ローナが海岸のほうを見ると。

たしかに、あちこちで木の柵のようなものが建造されている最中だったが……。

「えっと、あんまり作業が進んでいないようですが……明日までに間に合うんですか？」

「うふふ、なにを言うかと思えば。間に合わないのなら、間に合わせればいいのよ？」

「え？　た、たしかに……？　あれ……？　う、うーん？」

よくわからないが、とにかく『防壁作りの手伝いをすればいい』ということはわかった。

「それで、私はなにをすればいいですか？　建築スキルなどは持ってませんが」

「いいえ、ローナちゃんにやってほしいのは建築のほうじゃなくて――」

と、アリエスが言いかけたところで。


「――うわぁああっ!?　モンスターが出たぞぉっ!?」


いきなり海から現れた巨大魚が、びたーんっ！　と防壁に向けて突進してきた。

「壁を守れぇえ――ぐはぁああっ!?」

「くそっ、なんで今のが当たるんだよっ!?　完全に避けたはずなのに……っ！」

「だから言っただろ！　やつらは〝亜空間〟を操りながらタックルしてくるんだ！」

「そもそも、なんで魚が地上で戦うんだよ!?　合理的な理由がわからねぇよ……ッ!!」

そう冒険者たちが騒いでいるうちにも、巨大魚が地上でびたんびたんっと跳ね回り、みるみるうちに作りかけの防壁が破壊されていく。

「ぁ……ぁあ……うわぁあああああ……っ!!」

「徹夜してここまで作った防壁がぁあっ!?」

「残業はもう嫌だぁあああ――ッ!!」

……阿鼻叫喚《あびきょうかん》の地獄絵図がそこにはあった。

「――はい。というわけで、人手も物資も足りてないうえに、通常時でもモンスターが発生するから、作業があまり進んでいないの。だから、ローナちゃんにはモンスターの退治を頼みたくて」

「い、いえ……それより、あの人たちは大丈夫なんですか？　すごい悲鳴を上げてますが」

「大丈夫よ！　うちのギルドは『創設以来・労災ゼロ』が自慢だから！」

「な、なるほど？」

「それに、わたしは治癒やサポートが得意なの――水精召喚！」

アリエスがそうスキル名を唱えると、魔法陣から水精が2体現れた。

水精は怪我人《けがにん》のもとへ行くと、またたく間に怪我を回復させていく。

「うふふ～♡　みんな～、回復の時間だコラァッ♡」

「ああ……っ！　上司《ギルマス》が来たぞぉ……っ！」

「い、嫌だっ！　治さないでくれ！　まだ休みだい――ッ!!」

アリエスに治癒魔法をかけられた冒険者たちが、ゆらりゆらりとゾンビのように立ち上がって作業を再開する。

その様相はさながら、〝死の行進《デスマーチ》〟と称するにふさわしい光景だった。

「これでよしっ、と」

「え、えっと、それじゃあ……私はとりあえず、モンスターを倒しますね」

「ええ！　ローナちゃんは無理しない範囲でやってくれればいいからね！」

「は、はいっ！」

ローナはむんっと張り切って、海のほうへと向かう。

アリエスには『無理しない範囲で』とは言われたが――。

（みんな困ってるみたいだし、これは……目立ちたくないとか言ってられないね。私もちゃんと〝本気〟で戦わないと！）

ただでさえ、海というのは怖い場所なのだ。

インターネットによると、海には『6つの頭を持つサメ』『あらゆる場所に瞬間移動するサメ』『噛《か》んだ相手をゾンビにするサメ』『人間に憑依《ひょうい》するサメ』『クラーケンと合体してパワーアップしたサメ』『空を飛んで宇宙で戦うサメ』といった怪物がうようよいるらしい。

そんな海では、一瞬の油断が命取りになりかねない。

というわけで、ローナはアイテムボックスから〝女王薔薇《ばら》の冠〟を取り出した。

この冠には『敵視増加《ヘイト》（大）』という効果があるため、これを装備しているとモンスターがローナを狙うようになるらしい。

（これで私のほうにモンスターが集まってくれれば、本気の魔法が使えるね……ちょっと目立っちゃうけど、こういうときにはすごく便利かも）

というわけで、ローナは冠をかぶりながら海のほうへ歩いていく。

一方、そんなローナの様子を、アリエスは祈るような思いで注視していた。

（ほんっと情けないけど……ローナちゃんがどれだけ戦えるかによって、この町の命運が決まるわね）

正直、この町はすでに限界だ。

このままでは、次の〝水曜日〟には、もう耐えられそうもない。

だからこそ、今日来たばかりの少女の小さな背中に、この町の命運を託すしかないという状況だった。

それに――この世界では集団よりも個の力のほうが、時として強い。

ひとりの高ランクスキル持ちが戦況を変えてしまうことは、よくあることだ。

そう……かつて、この町に派遣されてきたひとりの魔女のように。

――焼滅の魔女エリミナ・マナフレイム。

自分と同じギルドマスターでありながら、世界最強のAランクスキルを持って生まれたその少女の力は、あまりにも人間離れしていた。

『ふふふ……あッはははははは――ッ!!』

戦場の中心で女王のように椅子に腰かけ、優雅にワイングラスをかたむけながら。

戯れるように――敵を炎で焼滅《しょうめつ》させていく。

その鮮烈な姿は、アリエスの脳裏にいまだに焼きついていた。

ただ、そんなエリミナですら、この〝水曜日〟への対処はできず――。


『ふぅ……これ以上は、無意味ね』

『私、エリートじゃない戦いはしない主義なの』

『いえ、べつに負けたとかではなくて。エリート的撤退であって』

『次、負けたって言ったら焼き殺――待って。いったんやめて』

『私はエリミナじゃないけど、エリミナ様は負けてないと思う！（裏声）』

『だから、負けてな――今、敗北者って言ったの、誰!? 取り消しなさいよ、その言葉！』


などと負けゼリフを吐いて、すぐに撤退してしまったが……。

とはいえ、エリミナレベルの強者《つわもの》がしばらくこの町に滞在してくれたら、この町の防衛体制を整え直すだけの余裕も生まれるはずだ。

だからこそ、今のアリエスにすべきことは、ただひとつ。

（ローナちゃんを信じて――〝接待〟すること！）

アリエスがそう改めて決意を固めたときだった。

「…………………え？」


ず……ずず、ずずずずずずず――ッ!!　と。


突然、海に巨大な渦が現れた。

海面に浮かんでいた木材が、渦へと吸いこまれていき、そして――。

「あ、あれは……っ!?」

誰かが悲鳴を上げる。

その視線の先――渦の中から、ばしゃあああんッ！　と姿を現したのは……。

全長30メートルはあろうかという、巨大なサメのモンスターだった。

その姿は、間違いようもない。

「――近海の主ギガロドン!?」

それは、『周囲のモンスターを短時間で狩りすぎると、エサがなくなって人前に現れる』と言われる強力なモンスターであり……。

このウルス海岸の〝エリアボス〟だった。

「う……うわぁあぁあぁあぁ――ッ!?」

周囲の冒険者たちは、たちまち恐慌状態におちいる。

それもそのはずだ。

ギガロドンのレベルは、50に達していると言われるが……。

レベル50に到達している人間など、歴史上でも一握りしかいない。

――勝てない。

その言葉が、アリエスの頭に浮かび……。

「みんな！　ただちに退避をっ！」

アリエスはとっさに叫んだ。

「エリアボスは翌日にはいなくなっているはずよ！　防壁を放棄して、すぐに逃げなさい！」

「だ、だけど、アリエス様っ！　防壁がなかったら、明日のスタンピードはっ！」

「戦って勝てる相手ではないわ！　今は命を優先しなさい！　しんがりは、わたしが――」

そう指示を出したところで、アリエスは気づく。

ローナの姿が、いまだに海のすぐ近くにあることに。

「って、ローナちゃん!?　なにをしてるの!?　すぐに、そこから逃げ――いえ、笑顔で手を振ってないで早く！　って、あぁぁっ!?　なんで、ギガロドンのほうに行くの!?　あの、ちょっとぉおおっ!?」

騒ぎに気づいていないのか、ローナはてくてくとギガロドンのほうへと近づいていく。

ギガロドンのほうも、ローナを完全にターゲットと定めて飛びかかろうとする。

その場にいた誰もが悲鳴を上げ、そして――。

「うーん……海で泳いでるし、これはただのサメかなぁ。とりあえず――プチサンダー」

そんな気の抜けるような声のあと。

ごぉおおおおおぉオオ――ッ!!

と、ローナの杖から、レーザーのような雷が放たれた。

鼓膜を破裂させるような轟音《ごうおん》。それとともに雷が砂浜をえぐり飛ばし、海を真っ二つに割り、そのままギガロドンをのみこみ、そして――。


…………じゅっ…………………と。


ギガロドンを、一瞬で蒸発させた。

さらに海に着弾した雷は、ばりばりばりばりばりばりィィイイ――ッ!!　と、爆発するような雷光を閃《ひらめ》かせる。
やがて、雷光が消えたあと……。
海面には無数のモンスター素材が、ぷかぷかと浮かんでいた。
「「「…………………」」」
あまりの光景に、冒険者たちが唖然《あぜん》としてローナを見る。
一方、ローナはというと。

『近海の主ギガロドンを倒した！ EXP7489獲得！』『LEVEL UP！ Lv46→47』『マーマンタの群れを倒した！ EXPを410獲得！』『ウルススライムの群れを倒した！ EXPを310獲得！』『ウミモグラの群れを倒した！ EXPを357獲得！』『SKILL UP！ EX【殺戮の心得Ⅲ】→【殺戮の心得Ⅳ】』『SKILL UP！ 【魔法の心得Ⅷ】→【魔法の心得Ⅸ】』『初級魔法：【プチエール】を習得しました！』『スキル：【フィッシュキラーⅠ】を習得しました！』……………。

『称号：【近海の主を討滅せし者】を獲得しました！』

そんな視界を埋め尽くすメッセージを見ながら、少し混乱していた。

（な、なんかすごい雷が出たなぁ……って、あれ？　なんだろう、この称号？　エリアボスでもいたのかな？　でも……さっきみたいに、みんなが『すごい！』って言ってこないし、これぐらいはすごくない……？）

口を開いたまま固まっている冒険者たちを見て、ローナはちょっと首をかしげつつ。

「アリエスさ〜ん！　さっそくモンスター倒しましたよ〜っ！」

ローナが『褒めて褒めてー』というような笑顔で、アリエスのもとへ戻っていった。

「あっ、そういえば、さっきなにか困っているようでしたが……なにか問題でも起こりました？」

「あ、いえ……それなら今、解決したわ」

「……？　そうですか」

きょとんとするローナ。

それを見ながら、アリエスは何度も目をこする。

（こ、こんな子が……エリアボスを一撃？　この子、本当に人間なの？）

地方最強とも言われる魔女エリミナですら、ここまでのことはできなかった。

これだけの力があるのに、今まで噂すら聞いたことがないなんて。

（な、何者なの、ローナちゃんって？　まさか、神がつかわした天使様だったりして……）

そんな一騒動のあとも、ローナは海岸を走り回って、防壁作りの手伝いをした。

といっても、建築は専門外なので裏方だが。

「わぁああっ！　モンスターが出――」

「プチサンダー」

ちゅどーんっ!!　と。

海上で爆発が起きて、モンスターのドロップアイテムが浮かび上がる。

「よ、よし！　モンスターは気にせず防壁を作れ！」

「――ああっ！　アリエス様、来てくれ！　怪我人が！」

「っ……ＭＰがもう足りないわ！　回復薬は!?」

「だ、ダメだっ！　もう備蓄がねぇっ！」

「あっ、それならこの薬を使ってください！」

「う、うぉおおっ!?　怪我が一瞬で消えたぞ!?」

「ＭＰも全回復してる!?」

「な、なんだこの薬は!?」

「エルフの秘薬です！」

(((――!?)))

「あっ、まだ２００本ほど余ってるので、どんどん飲んじゃってくださいね！」

(((――!?　――!?)))

「わぁあっ!?　モンスターがまた出たぞぉおっ！」

「うーん、きりがないなぁ……あっ、そうだ！　プチウォール！」

ずずずずずず……ッ！　と。

海岸沿いの地面がせり上がり、またたく間に城壁を思わせる巨大な壁が現れた。

「よしっ！　この壁があれば、みなさん安心して防壁を作れますね！」

「「…………………」」

「あれ？　みなさん、どうかしたんですか？」

「い、いや……」

冒険者たちは自分たちの作っている木の壁と、ローナが一瞬で作った堅牢《けんろう》な城壁を見比べる。


(((……もう、その壁だけでいいんじゃね？)))


かくして、防壁作りは完了し——。

ここにきて、アリエスはようやく気づくのだった。

(あれ、もうこれ……ローナちゃんひとりで、全部なんとかなるのでは？)

ちなみに、ローナの作った城壁は『ウォール・ローナ』と名づけられ、後にこの町のシンボルとなるのだが……それは、また別のお話。

第5話　ノコギリ（妖刀）を手に入れてみた

「――ついに念願の防壁が手に入ったわ」

〝水曜日〟のスタンピードに備えて、防壁作りが完了したあと。

アリエスは手のあいた冒険者たちを集めて、話し合いをしていた。

「ローナちゃんが作ってくれたこの防壁――〝ウォール・ローナ〟と、ローナちゃんという心強い戦力があれば、もはや〝水曜日〟など恐るるに足らず！　町の安全が守られれば、出ていった人たちも戻ってきて、町の復興も一気に進むはずよ!!」

その言葉に、わっと冒険者たちが歓声を上げる。

ローナの存在はまさに、久しぶりに見えてきた希望だった。

「でも、もちろん問題はまだ山積みよ。装備の消耗、物資の不足……そして、とくに深刻なのは人手不足ね」

さすがに、ローナひとりで〝水曜日〟のモンスターを全て倒すのは無理があるだろう。モンスターの発生範囲はそれなりに広いし、曜日が変わるまでモンスターが発生し続けるためだ。

できるだけ、ローナという最高戦力を温存したかったが……。

とはいえ、〝水曜日〟のモンスターに対抗できる〝レベル20以上のベテラン冒険者〟なんてものは、一握りしかいない。さらに、そのベテランたちは通常依頼でも駆り出されているため、休憩が満足に取れていない状態が続いている。

「人手が足りてない……あっ、そうだ！　いいこと思いつきました！」

「えっ」

そこで、ローナはアイテムボックスから水晶のかけらのようなものを取り出した。

これは、雨宿りしたときに知り合った親切な黒ローブの人たちから、『必要があれば呼んでください』とわたされたものだ。

「そ、それは？」

「たしか、召喚石っていう古代遺物《アーティファクト》だそうです。えっと、使うには……こうかなぁ？」

「あっ、ちょっ!?　ちょっと待って！　嫌な予感が！　ローナちゃんがなにかすると絶対にやばいことが起きそ――あぁあっ!?」

と、アリエスが慌てて止めようとするも。

それより先に、ローナが頭上に掲げた召喚石がまばゆい光を放ち、そして――。

……………ずるり、と。

ローナの背後から影絵が立ちのぼるように、黒ローブの6人組が現れた。

「「……我ら、参上しました」」

使い魔のようにローナに付き従う6人組。

――黄昏の邪竜教団・六魔司教《ろくましきょう》。

それは、終末竜ラグナドレクを復活させようとたくらむ邪竜教団の幹部であり――。

最近できたローナの〝ズッ友〟だった。

（ほらぁ……もう、すぐそういうことするぅ……）

いきなり現れた黒ローブ集団に気圧《けお》されて、アリエスが尻もちをつく。他の冒険者たちも黒ローブ集団の力を悟ったのか、悲鳴を上げたり気絶したりする。

そんな中、ローナはくるりと黒ローブ集団のほうをふり返ると。

「我らの絆は～？」

「「……答えは……〝永遠〟……」」

「いぇ～い！」

黒ローブ集団とハイタッチをするローナ。

（……めちゃくちゃ仲いいじゃん）

アリエスは思わず頭を抱える。

「みなさん、来てくれてありがとうございます！　それで、みなさんにちょっと協力してほしいことがあるんですが」

「……ッ！　ついに、〝動きだす〟のですね……」

「……そのお言葉を……待っておりました」

「……来るぞ……闇の時代が……ッ!!」


「OKだそうです！　これで人手も増えますね、アリエスさん！」

「い、いえ、あの……ローナちゃん？　なにかな、この『裏で世界を滅ぼそうとしている邪教団の幹部』みたいな人たちは……？」

「私のお友達です！」

「いえ、絶対におかしいわよね!?　だって、闇のオーラ的なもの出てるし！　画風が違うし！」

「闇のオーラ？　画風？」


「……くくく」「……きひひひひ」「……ふぉっふぉっふぉ」


「ほらぁっ！　なんか邪悪な笑い方してるしぃっ！」

「……？　みなさん、とても親切な人たちですよ？」

「え、えぇ……？　本当にそう？　まあ、ローナちゃんがそこまで言うのなら――」

「……人間よ……なにゆえ、もがき、生きるのか……」

「……命……夢……希望……どこからきて、どこへゆく？」

「……滅びこそが我が喜び……死にゆくものこそ美しい……」

「……悲しい……悲しいなぁ……きひひひひひ……」


「――――チェンジで」

などとアリエスが騒いだものの。

なにはともあれ、心強い味方ができた。

「と、とりあえず……人手不足は解決したわね。あと装備の修理については、わたしのほうからまた鍛冶師のドワーゴさんにお願いしておくわ。みんなは今のうちに明日に備えて休むこと。いいわね？」

その言葉とともに、その場は解散となった。休みなしで働きづめだった冒険者たちは、少しでも疲れを癒やすためにぞろぞろと帰っていく。

そんな中、ローナはウルス海岸に残って、しばらく作業をしていた。

「プチウォール！」

ずずずずず……っ！　と。

ふたたび巨大な城壁を作り、作業場で借りたノコギリの刃を当てるが――。

「うーん、ダメかぁ」

ただのノコギリでは、ローナ製の壁にまったく歯が立たない。

（うーん、困ったなぁ。〝水曜日〟を攻略する前に、インターネットに書いてある〝あれ〟を作っておきたいんだけど……よく切れるノコギリがある場所とか、どこかに書いてないかなぁ？）

ローナは肩を落としつつ、改めてインターネット画面を操作する。

（へぇ、この町って、イフォネの町よりも〝サブクエスト〟っていうのが多いんだね……って、あっ！　これとかいいかも！）

と、ローナが見つけたものは――。

■マップ／【港町アクアス】
入手アイテム⑧：【殺刀《サットウ》・斬一文字《キルイチモンジ》】（S）

（うん！　名前からして、すごく切れそう！　Sランクだし！）

Sランクの剣というと、SSSランクの〝世界樹の杖ワンド・オブ・ワールド〟のでたらめっぷりのせいで、扱うのが怖く感じるが……。

（まあ、どうせ剣なら『切れ味がいい』ってだけだろうしね）

さすがに剣を振ったところで、天変地異が起きたりもしないはずだ。

（えっと、この剣は『ドワーゴの日用品店』ってところで手に入るんだね。あっ、ただもらうには
アイテムがいくつか必要なのか。うーん、今からだと明日に間に合うかなぁ……）

と、少し悩んでいたところで。

そんなローナの様子を見ていた黒ローブ集団が、すかさず話しかけてきた。

「……なにか、お困りでしょうか？」

「……なんなりと、我らにお申しつけください」

「……我らは、あなた様の召喚獣のようなもの」

「え？　あ、はい」

そんなうやうやしい態度に、ローナは少し戸惑うが。

（こんな礼儀正しくて親切な人たちも、世の中にはいるんだなぁ。雨宿りしたとき水をあげたぐら
いだけど、人から受けた恩を忘れないタイプなのかな？）

それに、おそらく黒ローブの人たちは手持ち無沙汰になっているのだろう。

思えば、『召喚しておいて待機させているだけ』というのも失礼だったかもしれない。

（うーん、せっかくだから力を借りるかな）

というわけで、ローナは黒ローブ集団に向き直った。

「それじゃあ、少し集めてきてほしいアイテムがあるんですが——」

◇

港町アクアスの北区――通称・職人街。

豊富な資源によって栄えていたその職人街は、今や見る影もなく寂れて静まり返っていたが……。

その中のひとつの店――『ドワーゴの日用品店』の奥からは、カンカンカンッ！　と金属が叩かれる音が鳴り続けていた。

「――ドワーゴさん、どうか武器を打っていただけませんか？　〝水曜日〟を乗り切るためには、ドワーゴさんの鍛冶スキルが必要なんです！」

「ふん……何度来ても、オレは武器を打たんぞ」

鎚《つち》を握ったドワーフの男は、頭を下げてくるアリエスには目もくれずに鉄を打ち続ける。

「お願いです！　今回は、エレクの雷湿原の素材もたくさん手に入ったんです！　これで雷の属性武器が作れたら、スタンピードの対処もかなり楽になるのですが……これを加工できる高ランクの鍛冶スキル持ちは、ドワーゴさんしかいないんです！」

「…………」

――エレクの雷湿原の素材。

その言葉に、ドワーゴが一瞬、ぴくりと反応する。

それはめったに出回らないレア素材だ。

そんな素材を扱えるのは、鍛冶師として名誉なことではあるが……。

「…………作業の邪魔だ。帰りな」

やがて、ドワーゴはそっけなくアリエスを追い払う。アリエスもこれ以上の説得は無意味だと悟ってか、「……また来ます」とだけ言って去っていった。

ここ1年以上もくり返されたやり取りだ。

「…………ちっ」

ドワーゴは舌打ちまじりに鎚を置き、完成した鍋を店の商品棚へと並べる。

その周りに並べられているのも、鍋や釘《くぎ》といった日用品ばかり。この店の棚には武器の類はいっさい置かれていなかった。

とはいえ、こんな緊急時に鍋なんて買いに来る者はいない。

（……わかってんだよ、オレだって。この町に必要なのは武具だってことぐらいは……）

ドワーゴもこの町には愛着がある。アリエスのことだって邪険に扱いたいわけではない。

それでも――。

（……打てねぇんだよ、もう）

店の棚に並べられた鍋の表面に鈍く映るのは、さえないドワーフの顔だ。

そこには、かつて地底王国ドンゴワで『天才魔剣鍛冶師』とうたわれていた者の面影はない。

昔は、ただ剣を打つのが好きだった。歴史に残るような最強の剣を打てると思っていた。

生まれながらにしてAランク鍛冶スキルを手に入れ、史上最年少にしてAランクの剣を作ることにも成功した。

それをたたえられ、ドワーフの王への献上品を作る栄誉にもあずかった。

しかし……それが転落の始まりだったのだ。

ドワーゴは王のために最高の素材を使い、半年以上かけて一振りの剣を一心不乱に打ち続けた。

そして――。

『――できた！　できたぞぉっ！　最高傑作だっ！』

それは、自分の最高傑作で、今まで作ったAランクの剣よりも優れた最高の一品ができたという手応えもあった。

鑑定するまでもなく世界最高のAランクの剣だろう。

そう慢心して、そのまま王に献上し――。

『こ、この剣のランクは――〝S〟です』

『…………は？』

その鑑定士の言葉は、鍛冶師としては死の宣告だった。

Gランクよりも、はるかに下と思われるSランク。

自分の最高傑作は、神が作った〝ランク〟によって完全に否定されたのだ。

さらに、それだけではない。

この剣はあまりにも重くて、まともに振ることさえままならなかった。

それも振るだけで大量のMPを消費してしまい――試し斬りをしようとしたドワーフの騎士が、一瞬でMPがゼロになって気絶してしまった。

『――き、貴様ぁッ！　なんというものを王に献上しようとしたのだッ！』

『ち、違っ……オレはただ最強の剣を……っ！　陛下！　どうか、オレを信じて――』


『――そなたには失望したぞ、ドワーゴ』


……こうして、天才の評判は地に落ち、反逆者という汚名とともにドワーゴは国外追放となった。

それからだ、ドワーゴが剣を打てなくなったのは。

ドワーフの国から、わざわざ遠く離れた町までやって来たというのに……。

また、Sランクの剣ができたらと思うと。

また、失望の目を向けられると思うと。

怖くて――手が震えてしまう。

今の自分には、他人の命を預かるような武具を打つ資格はない。
そう思って、ドワーゴは日用品だけを作るようになった。
彼の作った日用品は、どれも高品質で、たくさん感謝もされた。
そして、ドワーゴはそのことに——満足してしまった。
(……これでいいんだ。オレの鍛冶人生は)
だから、ドワーゴはいつまでも鍋を作り続ける。
もはや、その買い手がいないとしても。
それから、どれだけの時間が経っただろうか。
時計の針が昼過ぎをさした頃——からん、と扉のベルが鳴った。
「…………ふん」
おそらくは、アリエスがまた来たのだろう。
そう思って、ドワーゴは鼻を鳴らし。
「……しつこいぞ。何度言われても武具は打たな——」
しかし、その言葉は、そこで止まった。
ドワーゴは店の入り口を見て、手にしていた鎚をぽろりと落とす。
そこにいたのは——。

「……くくく……　〝お料理コーナー〟はここか……」「……ほぅ……この時代にしては、なかなかの〝泡立て器〟ではないか……」「……この〝ボウル〟さえあれば」「……　〝まよねぇず〟を……もっと〝あのお方〟に捧げられるッ！」


ごごごごごぉおおお……っ!!　と。

店に入ってきたのは、邪悪なオーラをまとった黒ローブの6人組だった。

なんか世界滅亡でもたくらんでいそうな、あきらかにやばい集団だ。

（えっ、ちょっ……なに？　え……？　待って……待って？　……え？　いきなり……え？　ど、どういう……こと？　え？　え？）

ドワーゴの思考がフリーズする。

しかし、まだこれで終わりではなかった。

黒ローブの集団を割って、さらにやばい存在が店へと入ってきたのだ。


「――こんにちは～っ！」


それは、一見するとただの少女だった。

しかし、彼女が身に着けている神話級のローブと杖を見た瞬間――。

「……ぁ…………ぁあ…………あ……」

ドワーゴは即座に理解した。

――――死ぬ。


ドワーゴの脳内に、その言葉が浮かび上がる。

一瞬遅れて、冷や汗がぶわぁっと流れ出てきた。

（えっ――なんで――待って――やばい――逃げ――無理――――死――――）

突然のことすぎて意味がわからない。

どうして、こんな店にこんな存在がいるのか。

店違いではないのか……そんな希望も芽生えたが。

「あのぉ……ドワーゴ・ニコドーさんですよね？　Aランクの鍛冶スキル持ちで、地底王国ドンゴワでSランクの魔剣を打ったっていう」

「……っ!?」

すでに素性まで調査されていた。

ずっと隠してきた過去が――たやすく暴かれた。

もはや、人違いということはありえない。

（や……やばいやばいやばいっ!?　な……なんなんだよ、こいつは!?　なんで、こんなやばいやつが、この店に……っ!?）

純粋に意味がわからなかった。

そうして、ドワーゴが混乱している間にも――。

こつ、こつ、こつ……と。

少女はドワーゴの余命を刻むように靴音を奏でながら、ゆっくりと歩み寄ってくる。

そして、少女はドワーゴの前で立ち止まり――口を開いた。

「あのぉ……私がこれから『最強の剣』ってキーワードを言うと、会話の流れでドワーゴさんは『どれがオレの最高傑作か？』ってクイズを出してくると思うのですが、その答えは『傘立てにある朽ちた剣』で、その剣を復活させるために必要なアイテム『聖なる火種・高級炭×30・ミスリル砥石《といし》×10』も用意してきていますし、北のミスリル鉱山をこれから荒らす予定だったミスリルセンチピードの群れも退治してきたので、とりあえずSランク魔剣〝殺刀・斬一文字〟ください」

「……………………あ、はい」

というわけで、ローナは〝殺刀・斬一文字〟を手に入れたのだった。

「……剣の修復は終わったぞ。こいつがご所望の〝殺刀・斬一文字〟だ」

◇

「わーい」

ドワーゴの日用品店にて。

ローナは店主のドワーゴから、一振りの剣を受け取っていた。

「お、おいっ、その剣は重いから気をつけ――」

「……？　なにか言いましたか？」

「あ、あれ？　あれぇ……？」

筋力自慢のドワーフの騎士でも持つのに苦労する剣を、小柄な少女がひょいっと片手で持ち上げていた。

そのあまりにギャップのある光景に、ドワーゴが目をぱちぱちさせている一方で。

（うん！　インターネットがあると、話が早くていいね！）

と、ローナはもらったばかりの剣を眺めていた。

本来どういう流れで剣を手に入れることになるのか知らないが……黒ローブの人たちが張り切って1時間で必要アイテムを集めてくれたので、すぐに手に入れることができた。

「わぁ、かっこいい剣ですね！　なんだか不思議な形……」

剣を鞘《さや》から出したローナは、思わず感嘆の声を上げる。

妖気のようなものを感じさせる紅い刀身。

その形状はよく見る剣とは違い、片刃で細長くそり返っていた。

料理コーナーに興味を持っていた黒ローブ集団も、この剣を見るなり、「ほう……この時代にこれほどの剣が……」と感嘆の吐息を漏らす。

(えっと、この剣について書いてあるのは……このページかな?)

■武器/刀/【殺刀《サツトウ》・斬一文字《キルイチモンジ》】
[ランク]S　[種別]刀　[値段]111億シル
[効果]物攻+1111　速度-111
この剣による攻撃は全て【一刀両断】になる。
◇装備スキル:【一刀両断】(S)
[効果]MPを消費し、隙の大きな防御無視攻撃を放つ。

確定クリティカル。高確率で装備&部位破壊。
◇説明:高難易度クエスト【堕ちた名工】で手に入る刀。
伝説の鉱石ヒヒイロカネを透き通るほど薄くなるまで打った一品であり、この刀に斬れぬものなどあんまりない。

デメリットも大きく扱いが難しいが、使い方によってはSSSランク武器をも超える瞬間火力を叩き出すロマン武器。

（ふーん、〝刀〟っていう剣なんだね。やっぱり、Sランクだけあって強いなぁ。というか、値段111億シルって……うわぁ、本当にタダでもらっちゃっていいのかなぁ？）

と、ローナがインターネット画面を見ながら、ちょっと戸惑い顔をしていると。

その表情をどう解釈したのか、ドワーゴが不安そうな顔で尋ねてきた。

「……なぁ、嬢ちゃん。本当にその剣でいいのか？」

「え？」

「さっきも言ったが、その剣はSランクで……」

「はい！　この剣だからいいんです！」

「……っ！」

天真爛漫《てんしんらんまん》な笑顔で答えるローナに、ドワーゴはそれ以上なにも言えなくなる。

そのローナの言葉は本心からのものだった。

よく切れるノコギリとして、この剣が欲しいというのもあったが。

（ふふん、この剣さえあれば……もう攻撃するたびに、天変地異を起こさなくて済むしね！）

そう、レイドクエストへの対策としても、この剣が欲しかったのだ。

今まで魔法を使うたびに天変地異みたいになってしまっていたせいで、町中や人がいるところでは戦いづらかったが……剣ならばいくら強くても『よく斬れるだけ』だろう。

（ふっ、〝剣士ローナ〟っていうのも悪くないかもね……え～いっ！）

ローナが素人だと丸わかりの動きで、試しにその場で刀を軽く振ると。

斬《ザン》――――ッ!!

と、目の前の景色が、両断された。

「…………ほぇ？」

その場にいた全員が、唖然として立ち尽くす先で――。

がらがらがらがら……ッ!!

と、ドワーゴの店が崩壊を始める。

「え……あれ？　え……ええええっ!?　ちょっ、違……っ!?　こんなつもりじゃっ！」

ローナが慌てて、刀を持ったままふり返り――。

斬――――ッ!!　ずがががががががが……ッ!!　がらがらがらがら……ッ!!
どどどどどどどど……ッ!!　ずぉおおおおおん……ッ!!

刀から放たれた剣閃《けんせん》が、周囲のもの全てを破壊していく。

その威力は、まさに一刀両断。

そして――。


『称号：【暴虐の破壊者】を獲得しました！』


（な……なんでぇええええっ!?）

ローナがあたふたと刀を鞘へおさめた頃には、もう遅く……。

店は完全に瓦礫《がれき》の山と化していた。

（……凄まじい一撃だ……）

（……なんと無慈悲な……）

（……これこそが、我らが神……っ）

と、黒ローブ集団がぞくぞく身を震わせていたところで。

「…………は……ははは……っ」

ドワーゴが膝から崩れ落ちながら、泣き笑いのように顔を歪めた。

「わ、わぁああっ！　ごめんなさいぃぃっ！　まさか、こんなことになるとは思わなくてっ！」

「いや、違うんだ……そうか……そうだったのか……」

ドワーゴは、そこでようやく悟った。

自分の剣に間違いはなかったのだと。

（ああ、まったく……いつから、オレは他人の評価のために剣を打つようになった？　オレがオレの剣を信じてやれなくてどうすんだ、バカ野郎が）

初めて会った少女が、自分の剣を信じてくれたというのに。

Sランクが Aランクより下──そんな〝常識〟にとらわれて。

他人の評価にとらわれて、失望されることを恐れて……。

──自分の打った最高の剣を、否定してしまった。

（ああ、そうだ……）

ドワーゴは、自分の原点となった父の言葉を思い出す。


──いいか、ドワーゴ。

──持ち手が剣を選ぶんじゃねぇ。剣が持ち手を選ぶんだ。

──最高の剣を打て。

──そうすれば、お前の剣はいずれ……〝運命〟をつれて来るだろう。

ドワーゴは改めて、じろりとローナを眺める。

ローナはいまだに、わたわたと頭を下げていた。

「ほ、本当にごめんなさい！　すぐに弁償しますので！」

「……いや、いいんだ。ちょうど店がまえを変えたかったところだからな」

ドワーゴは、切り刻まれた鉄の看板を見る。

そこに書かれているのは、『ドワーゴの日用品店』の文字。

この看板はもう使えないし――使うつもりもない。

顔を上げれば、どこまでも広がる青空と海。

まるで、ドワーゴをとらえていた檻《おり》が取り払われたかのような、すがすがしい気分だった。

「ふっ……お前が、オレの〝運命〟だったか」

「……え？」

ローナがきょとんとドワーゴを見つめ――。

（ど、どうしよう、いきなり変なこと言いだした……まさか、店を壊されたショックで、頭が……？）

ちょっと心配して、おろおろする。

（と、とりあえず……この剣はあんまり使わないようにしとこっと）

そう思って、アイテムボックスに剣をしまったところで。

「……おい、嬢ちゃん。名前は？」

「え？　ローナですけど」

「ふんっ、覚えといてやる」

ドワーゴが鼻を鳴らして、ローナに背中を向けた。

「……またいつでも来い。すぐに、もっと強い剣を打ってやる」

「え？」

「言いたいことはそれだけだ……その剣を持って、とっとと帰りな」

ドワーゴはちょっと顔を赤らめながら、ぷいっとそっぽを向き——。

「………………ありがとよ」

最後に口の中でもごもごと、そう呟《つぶや》いたのだった。

それから、ローナたちが去っていったあと。

(……剣を……剣を打ちたいっ！)

ドワーゴの体の奥で、燃えるような情動があった。胸をかきむしりたくなるような、なにかをしていないと抑えきれなくなってしまいそうな——〝熱〟。

(ああ、そうだ……オレはただ、剣を打つのが大好きだったんだ)

誰のためでもなく、自分のために大好きな剣を打ちたい。

こんなふうに思うのは、いつぶりだろうか。

崩れた店を確認すると、幸いにも鍛冶場は無事だった。

店の修理をしなくてはならないが……しかし、今はその時間が惜しい。

（ちっ……時間ならあんだけあったのに！　オレは今までなにをしてたんだ、くそっ！）

ドワーゴは炉の温度を調整し、鎚を握ると――。

カンカンッ！　と、赤熱した鉄板を叩いていった。

「――え、えぇっ!?　なにかすごい音がしたと思いましたけど……ど、どうしたんですか、この店!?」

やがて、音を聞きつけたのかアリエスがやって来た。

「なにがあったんですか、ドワーゴさん!?」

「ふん……ただ、いいことがあっただけさ」

ドワーゴはにやりと口元をつり上げる。

「それと……雷の属性素材があるんだろ？　とっとと持ってきな」

「……え？」

「今からじゃ新しく武具を打つ時間はないが……徹夜すりゃ、武器に雷属性を付与するぐらいはできんだろ」

「……っ！　あ、ありがとうございますっ！　さっそく持ってきます！」

「ふん……礼ならローナの嬢ちゃんに言え」

「えっ」

アリエスは「ま、またローナちゃんがなにかを……」とぶつぶつ呟きながら去っていく。

それからも、店からはしばらくカンカンッと音が鳴り続け……。

やがて、止まった。

「ふん……悪くない出来だ」

完成したのは、新しい店の看板。

そこには――『ドワーゴの武具屋』と書かれていた。


一方、その頃。ローナはというと。

(……すぐに、もっと強い剣を打ってやる、かぁ)

町を歩きながら、手に入れたばかりのノコギリ――もとい〝殺刀・斬一文字〟を眺めていた。

ただの一振りで店を破壊した剣。

この剣よりも強い剣というのは想像もつかないが。

もし、そんなものが完成したとしたら――。

(……それはちょっと、いらないかなぁ)

と、ローナはしみじみと思ったのだった。

第6話　秘密兵器を作ってみた

よく切れるノコギリ――もとい、Sランク魔剣〝殺刀・斬一文字〟を手に入れたあと。

夕日に照らされたウルス海岸にて。

ローナは〝水曜日〟対策のための作業をしていた。

「プチウォール！」

ごごごごぉおお……ッ!!　と。

ローナの一声で、砂浜から巨大な城壁がせり上がり……。

「からのぉ……一刀両断！」

すぱん――――ッ!!　と。

ローナが刀を適当に振るたびに、巨大な城壁がバターのように切られていく。

「おぉっ、よく切れる！　これなら、あの〝秘密兵器〟も作れるね！」

というわけで、ローナはブロック状に切られた岩をいったんアイテムボックスに収納すると。

「――エンチャント・ウィング！」

空を飛びながら、ずしんずしん……と、その岩を積み上げていった。

積み上げた岩のブロックは、なぜかぴったりとくっつくため、岩の建築物を作るのは思ったよりも簡単だった。

「お、おい……誰だ、あのやばい子？　すごいことしてるぞ」

「知らないのか？　新入りのローナ様だ」

「くそっ、接待しなくちゃならねぇのに……どこから褒めていいのかわからねぇ！」

ローナは無邪気な子供が積み木遊びをするように、地形を組みかえていく。

その異常な光景に、唖然として足を止める見物人がどんどん増えていき――。

（うわ……また、なんかやってる……）

それを見かけた冒険者ギルドマスターのアリエスは、スルーしようか迷ったすえに声をかけることにした。

1日にも満たない付き合いだが、すでにアリエスは理解していたのだ。

（ローナちゃんを野放しにしたら、絶対にやばい！）

――と。

そういうわけで、アリエスは急いでローナに歩み寄る。

「え、えっと、ローナちゃん？　今度はなにをしているの？　衝動的に地形を変えたくなっちゃった、みたいな？」

「あっ、アリエスさん！　これは〝ＤＩＹ〟です！」

「でぃーあいわい？」

「あれ、これもインターネットだけの言葉なのかな……？　とりあえず、〝水曜日〟のための、すっごい秘密兵器を作ってます！」

「な、なるほど、すっごい秘密兵器を」

「はい！　完成を楽しみにしててくださいね！」

「わ、わぁ……楽しみぃ……」

ローナ基準での〝すごい秘密兵器〟。

なんだか、もう嫌な予感しかしなかったが……。

とはいえ、ローナの作っているものは、ただの長細い岩の塔にしか見えない。

特徴といえば、てっぺんが少しとがっていることぐらいだ。

「あっ、もしかして……避雷針？　ここに雷を落として、水場にいるモンスターをまとめて感電させようという作戦なの？」

「え？　ああいえ、えっと……説明が難しくて。それに失敗するかもしれませんし、とりあえず明日になればわかるかなー、と」

「……？」

アリエスには、ローナのしたいことがわからなかったが……。

ただ、ローナがこの町のために頑張ってくれているのは、よくわかった。

「なにか、わたしにも手伝えることは……ありそうにないわね。とりあえず、作業が終わったら休んでね。明日は朝早くから決戦だから」

「はい！　もう少ししたら作業も終わると思いますので！」

「ふふ……本当にありがとね、ローナちゃん」

そうして、アリエスが去ってから、しばらくして。

ローナはついに完成した岩の塔――もとい〝秘密兵器〟の最終確認をしていた。

「えっと……場所はここで間違いないよね？」

手元のインターネット画面に視線を落とす。

そこに映っているのは、水曜日イベントの攻略動画なるものだった。

映像の中で、モンスターは無尽蔵にわき続ける。

倒しても、倒しても、倒しても……〝水曜日〟が終わるまでモンスターの発生は止まらない。

そして、モンスターをどれだけ倒そうと――次の〝水曜日〟になれば、ふたたび同じようにモンスターはわき続ける。

それはおそらく、神々が〝サ終〟と呼ぶ、世界の終わりの日まで……。

（……こんなこと、言えるわけないよなぁ）

正直、〝水曜日〟のスタンピードにただ対処するだけなら簡単だ。

しかし、この町に一生とどまって、モンスターを倒し続けるわけにもいかない。

だからこそ、ローナは少し頑張ってでも、この〝秘密兵器〟を作ることにしたのだ。

――この秘密兵器がうまく機能するかどうか。

それに、この町の命運がかかっていた。

◇

それから、ローナも宿に帰って眠りにつき――早朝。

まだ日も出ていない時間帯に、冒険者たちはウルス海岸に集合していた。

「――また〝水曜日〟が始まるわ」

先頭に立ったアリエスが、静かに口を開く。

「今回もまた、モンスターの大群がこの町を襲撃するでしょう。みんなも知っての通り、これまでこの〝水曜日〟に多くの冒険者が挑み、敗れ……そして、逃げていった。〝水曜日〟とは、名誉も報酬も得られない、終わりのない死に戦みたいなもの。それでも、ここに残ってくれたみんなを……わたしは誇りに思うわ」

その言葉に、ふっと冒険者たちは笑みを返す。

ここにいる全員が、知っていた。

誰よりも町のことを思い、誰よりも頑張っていたのは、アリエスであることを。

だからこそ、彼らは今日までアリエスについて来たのだ。

「それじゃあ、最後にローナちゃんが提案してくれた作戦をおさらいするわ！　まず盾役が海までモンスターをノックバックさせ、その隙にアタッカーは海に向かって雷属性攻撃を連発！　そうすれば、モンスターたちは連続で麻痺《まひ》状態になり――〝麻痺ハメ〟ができるはずよ！　打ち漏らしが出ても防壁部隊が対処するから、みんなは後ろは気にせず――攻めて攻めて攻めまくりなさい！」

「「――おうッ!!」」

冒険者たちが威勢のいい返事とともに、それぞれの雷属性の武器を掲げてみせた。

その後ろでは――。

「……ふんっ、装備が壊れたら持ってきな。『ドワーゴの武具屋』の出張サービスだ」

「腹が減ったら来な！　今日は飯をタダで食わしてやるわよ！」

「オレたち漁師も、できるだけ魚をとってくる！　これぐらいしかできないが……あとは任せたぞ、冒険者ども！」

町から逃げようとしていた人々の中にも、「ただ守られているだけなのは嫌だ」と参加してくれた人もいた。

（…………ああ）

じわり、とアリエスの目頭が熱くなる。

それは、彼女が夢にまで見た光景だった。

今、この瞬間――町全体が初めて力を合わせたのだ。

それは、ローナという、ひとりの少女のおかげだろう。

もはや、ローナがここに来たときのような絶望しきった顔は、誰もしていない。

「……今日こそ、〝水曜日〟に勝つぞ」

「ああ、さすがにモンスターの数にだって限界はあるはずだしな」

「私たちの町を…… 〝水曜日〟から取り戻しましょう」

「俺たちならできる。だって――」

「ふっ……お前の言いたいことなら、みんな思ってるさ」

人々がその瞳に希望の光を灯す。

その瞬間、ここにいる人々の気持ちはひとつになっていた。


(((――ローナ様がいれば、なんか普通になんとかなりそう!!)))


そして、全員の視線がローナへと向けられる。

(……？　なんか、やけに見られてるような……？)

一方、当のローナは首をひねりつつ、不安そうにインターネット画面を何度も確認していた。

（うぅ……緊張するぅ……うまくいかなかったらどうしよう）

ちゃんと〝秘密兵器〟の準備もしたが、絶対に成功するとはかぎらない。

もし、失敗した場合どうなるか……そんなのは決まっている。


『なんでローナさん、プチサンダーばっか撃ってたの？』

『……え？』

『なにＭＰケチってるの？　普通にギガサンダー連発だから。プチサンダーなら78回かかるけどギガサンダーなら52回。常識でしょ？』

『ケチんなよｗｗｗ』

『しかも、最初は全員で星命吸収《テラ・ドレイン》だから。理解者のみって言ったのに』

『アタッカーは星命吸収《テラ・ドレイン》からギガサンダー18回撃ったあと、エルフの秘薬飲んでギガサンダー連発。基本だから』

『常識だな……』

『まあ、知ってたんだろうけど』

『ＭＰケチってんじゃねーよ、カス』

『す、すみません、次からはやりま……』

『――ローナさんがギルドから追放されました』

（ひ、ひぃぃ……）

ローナは思わず、その想像にぶるりと身を震わせた。

そう、ローナは知っているのだ。

大人数での戦闘の場合、誰かがミスをしたら――すごくギスギスしてしまうということを。

ミスをした人に対しては、今まで礼儀正しかった人もいきなり暴言を吐きまくるようになり、そのあげくにギルドやパーティーから追放されてしまうということを。

（せっかく仲良くなれた人たちとギスギスしたくないし、頑張らないと……っ！）

ローナは頬をぱちんっと叩いて、気合いを入れ直す。

なにせ、ローナはレイドクエスト初参加の初心者なのだ。

個人戦闘力はあっても、作戦を理解できずに迷惑をかけてしまっては意味がない。

（で、でも……〝基本的な攻略法〟はちゃんと勉強したし、攻略サイト通りにやれば大丈夫だよね？）

と、ローナが不安そうにしていたところで。

（…………あ）

海の彼方《かなた》から、ゆっくりと朝日がのぼり始めた。

白光が闇を切り裂くように、新たな1日の始まりを告げる。

そして、インターネット画面に表示させていた時刻が――。

――6時00分になった。

水曜日クエスト開始時刻。

それと同時に、攻略サイトを更新したローナは見た。

■エタリア最新情報
・水曜日クエスト【水魔侵攻レイド】開催！

「……は……始まった」

ごくり、とローナが唾をのむ。

しかし、ウルス海岸のどこにも変化は見られない。

「……出て……こない？」

「な、なんだ？　モンスターが来ないぞ？」

と、冒険者たちが警戒したように、辺りに目を走らせたところで。

「い、いや、違う……上だっ」

誰かが、かすれた悲鳴のような声を漏らした。

「――上から来るぞッ!!　気をつけろッ!!」

その声に反応して、ばっと冒険者たちが上を見ると――。

上空に、禍々《まがまが》しい黒い穴がぽっかりと開いていた。

そこから、ずずずず……と、モンスターの体が産み落とされていく。

「……な、なんだ、これ……？　聞いてないぞ……？」

「今までと違う……？」

「嘘、だろ……おい、まさか」

その場にいる人々の顔に、ふたたび絶望の影がさす。

それは、指揮官であるアリエスも同じだった。

（そ、そんな…………なんで……なんでなの!?）

この日のために準備をしてきたのに。作戦も立てたのに。頑張ったのに。

今回こそ〝水曜日〟を終わらせられるかと希望を持ったのに。

まるで、それを嘲笑《あざわら》うかのように――。

――パターンが、変わった。

1年以上ずっと変わらなかったのに、このタイミングで。

……ぎょろり、と。

黒い穴から生えてきたモンスターたちの赤い目が、はるか高みから人間たちへと向けられる。その口が、無様に地を這《は》っている人間を嘲笑うかのように、にちゃぁ……とつり上げられる。

（ま、まさか……対策を、された？）

アリエスが、はっとする。

思えば、どうして『モンスター側は対策をしない』などと考えてしまったのだろうか。

ここから、モンスターがどう出てくるか——わからない。

今までの経験は、もう通用しない。

ただ、わかることはといえば。

今、この瞬間——全ての作戦が、計画が、準備が、無駄になったということだけだ。

（そ、それでも……っ！）

アリエスは震える膝を叱咤《しった》して、立ち上がる。

絶望している暇はない。自分はこの港町アクアスのリーダーなのだ。

まだ終わってはいない。まだ始まってすらいない。

あきらめるには——まだ早い。

アリエスは自らをそう奮い立たせて、すぅっと息を吸いこんだ。

「総員かまえっ！　始まるわよ——〝水曜日〟がっ!!」

「「「——ッ!!」」」

その声で、冒険者たちが我に返ったように、一斉に武器をかまえ直す。

そして……朝日がのぼりきった。

それと同時に、上空の黒い穴から産み落とされたモンスターたちが、冒険者たちへ向けて一斉に降りそそぎ――。


ひゅうううぅぅ～……ぼとっ！　ぽふんっ！　ぼとっ！　ぽふんっ！　ぼとっ！　ぽふんっ！

ぼとっ！　ぽふんっ！　ぼとっ！　ぽふんっ！　ぼとっ！　ぽふんっ！　ぼとっ！　ぽふんっ！

ぼとっ！　ぽふんっ！　ぼとっ！　ぽふんっ！　ぼとっ！　ぽふんっ！　ぼとっ！　ぽふんっ！

ぼとっ！　ぽふんっ！　ぼとっ！　ぽふんっ！　ぼとっ！　ぽふんっ！　ぼとっ！　ぽふんっ！

ぼとっ！　ぽふんっ！


モンスターたちが次々と――落下死した。

「「「………は？」」」

冒険者たちの目の前で、ぽふんっ！　ぽふんっ！　と煙を上げながらドロップアイテムに変わっていくモンスターたち。

そんな光景を、その場にいた誰もが固まったまま眺め続けていた。

しかし、ただひとり――。

「――うん、インターネットに書いてある通り♪」

ローナだけは、こうなることを知っていたように上機嫌な声を上げていた。

冒険者たちの顔が、ぎぎぎ……とローナのほうへと向けられる。

「…………あっ」

ローナは説明を求めるような視線が、自分に集まっていることに気づくと。

少し言葉を選ぶように、頭をかいてから。

「えっと――たぶん、これが一番早いと思いますっ！」

にこっと無邪気な笑顔で、そう告げたのだった。

第7話　宴会に参加してみた

■曜日クエスト／【水魔侵攻レイド】

◇攻略法

現環境においては、『モンスターの出現位置に塔を建てる』のが基本的な攻略法となる。

モンスターの出現位置に障害物がある場合、出現位置が上へと移動する性質があるが……それを利用して、20メートルほどの高さにその出現位置を移動させれば、この曜日クエストに出てくる全モンスターを落下ダメージだけで倒すことが可能（他の出現位置は【魔除《まよ》けの松明《たいまつ》】などでわき潰しをする）。

（いやぁ……本当にうまくいったなぁ。やっぱり、インターネットに書いてあることに間違いはないね）

インターネットを見ながら、ローナはほっとしていた。

水曜日が始まってからだいぶ時間が経ったが……。

「……ど、どうなってるんだ？」

「なにもしてないのに、モンスターが死んでいくぞ……」

「おい、もしかしてこれ……俺たちなにもしなくていいのか？」

今もモンスターたちは、ローナの作った塔の上から、ぼとぼとと落下死をし続け……。

気がつけば、ウルス海岸にはモンスターのドロップアイテムの山ができていた。

ちなみに、このようにモンスターを自動的に狩るための塔を、神々の言葉で――。

――〝トラップタワー〟と呼ぶらしい。

ちなみに、この簡単な塔だけでここまでうまくモンスターを倒せるのは、

『水曜日クエストで出現するモンスターが弱いうえに、落下死が想定されていない』

『どのみちクリアが簡単なため、修正されず放置されている』

『そもそも、この程度じゃエタリアでは不具合と呼ばない』

などの事情もからんでいるらしいが、その辺りはよくわからない。

とまあ、そのようなことを、ローナがみんなに説明すると。

アリエスがいまだに半信半疑といった顔で、おずおずと尋ねてきた。

「つ、つまり……このトラップタワー？　というのがあれば、今後は全自動で〝水曜日〟を乗り切れる、ということなの？」

「はい！　これが水曜日クエストの〝基本的な攻略法〟ですよね！」

「「「――そんなわけあるかっ!!」」」

と、町民たちから総ツッコミを食らうローナ。

なにはともあれ、こうして悪夢の〝水曜日〟は終わり……。

今後、〝水曜日〟はモンスター素材がタダで手に入るだけの日となった。

もしも、偶然生き残ってしまったモンスターがいても、堅牢な城壁〝ウォール・ローナ〟を突破することは、ほぼ不可能だろう。

かくして、港町アクアスの安全は、ローナひとりの手によって取り戻されたのだった。

◇

「「「――3！　2！　1！　かんぱ～い!!」」」

深夜、日付が変わった頃。冒険者ギルドの集会所にて。

あふれ返るほど集まった町民たちが、酒杯をがつんっと豪快にぶつけ合っていた。

日付が変わったことで、水曜日クエストが終了したのだ。

「みんな、今までよく頑張ってきてくれたわね！　今日はこのわたしのおごりよぉっ！」

「うぉぉおおおお――ッ!!　木曜日だぁああ――ッ!!」

「もう〝水曜日〟にとらわれなくてもいいんだっ！」

トラップタワーはあれから何事もなく機能し続け、なんの被害もなく水曜日を乗り切ることができた。

それどころか、大量のドロップアイテム産の食べ物のおかげで、しばらくは食べるのに困ることはなさそうだとのこと。

そのため、町民たちのテンションはだいぶ振り切れていた。

「しっかし、すごいねぇ！　その歳で〝水曜日〟をひとりで終わらせるなんて」

「見たか、あれ！　俺たちがあんだけ苦戦したモンスターが一瞬で倒れていったぞ！」

「えへへ！　まるで〝即オチ2コマ〟みたいでしたね！（最近覚えた）」

「そくお……なんて？」

それからも町民たちは飽きることなく、いつまでもローナの活躍をたたえ続ける。

一方、ローナはというと。

「あ、あの、着替えました……」

「うひょおおおぅ！　ローナちゃんカワイイヤッターっ！」

港町アクアスの伝統衣装〝セーラー服〟に着替えていた。

これは、記念撮影をしようという話になったところで、せっかくだからとアリエスからもらったものだ（なぜか鼻息が荒かった）。

ちなみに、インターネットによると――。

■防具／服／【セーラー服《ふく》】

［ランク］Ｅ　［種別］服　［値段］１３０００シル

［効果］防御＋50　精神＋10　水耐性＋15％

◇装備スキル：【集音Ⅱ】（Ｅ）

［効果］敵の気配を察知しやすくなる（パッシブ）。

◇説明：船乗りたちが着るという【港町アクアス】の伝統衣装（着ているとは言ってない）。

実用性とロマンがつまった服であり、海に落ちたときに簡単に破れるような構造になっているほか、服が水を含みにくいように糸のより方や編み方に工夫がほどこされている。その大きな襟は立てることで風の強い船上でも音を集めることができるとされ、胸元のスカーフは汗や水気をふく手ぬぐいとして使われる。

性能としては序盤でしか役に立たないが、【王立学園制服】（通称〝ブレザー服〟）と並ぶ人気装備であることは、もはや言うまでもない。性能よりも大切ななにかがあることを、我々は知っているのだ。

――とのこと。

どうやら神々も愛する特別な服――それが〝セーラー服〟らしい。

こんな特別な服をくれるのは、この町の一員として受け入れてもらえたということだろう。

「はぁはぁ……かわいすぎかよ……っ！」

「あ、あの、アリエスさん？ もしかして、どこか変だったりしますか？」

「え？ あ、いえ、大丈夫！ どこも変じゃないわ！ むしろとても輝いてるわよ、ローナちゃん！ やっぱり、わたしの見立てに間違いはなかったわね、うふふ……うふふふふ……」

「え、えっと……そんなに見られると、ちょっと恥ずかしいなと」

「まあまあ。ギルマスのことは置いといて、記念撮影しようなー」

「あ、はい」

そんなこんなで、町のみんなとの記念撮影も終えたあと。

ようやく、お待ちかねの料理が運ばれてきた。

「ん、んんぅ～♪ これが本物のシーフード！」

もきゅもきゅと幸せそうにシーフードを頰張るローナ。

目の前のテーブルに並んでいるのは、魚を海水・オリーブオイル・白ワインで煮込んだ〝アクアスパッツァ〟、カニを丸ごと使った〝かにかにランチ〟、爽やかな水色のシーソルトソーダ……と、この町の名物たちだった。

これは、〝水曜日〟のモンスターが落とした大量のドロップアイテムで作ったものだ。

「がはははっ！　もう船も壊されねぇし、モンスターに店や倉庫が荒らされることもねぇ！　冒険者もモンスター駆除に集中できる！　こっからは、いくらでも魚が食えんぞぉおッ!!」

「「「――――うぉおおおおっ!!」」」

港町ならではの豪快さで、酒と魚料理が宙を飛び交う。

「あっ、黒ローブさんたちが作ってくれた〝まよねぇず〟から、〝たるたるソース〟っていうのを作ってみました！　魚のフライなんかに合うそうです！」

「おおっ、こいつはイカした味だなっ！」

「……ふっ……これが、〝まよねぇず〟の可能性、か」

「うちは、これめっちゃ好き！」

「おいおい、この町の新たな名物になるんじゃねぇか？　がはははっ！」

ローナの作った〝たるたるソース〟もたちまち人気になり。

「こんだけうまい料理があると、音楽が欲しくなるな！」

「かぁーっ！　こういうとき吟遊詩人がいればなあっっ！」

「あっ、じゃあ！　私がスキルで音楽を流しますね！」

「そんなこともできるの、ローナちゃん!?」

「なんでもできるじゃん、この子……」

「それじゃあ、いっきまーす！」

ローナはそう言って、音楽動画を音量ＭＡＸで再生し――。


『――そ……そんなとこ〝育成〟しちゃダメだよ♡　お兄ちゃん♡』


「わ……わぁあああああっ!?　ストップストップストップストップぅう――っ!?」

そんな一幕もありつつ、にぎやかに宴が続いていたところで。

やがてローナのもとへ、アリエスが酒瓶を片手にやって来た。

「ふふ、楽しんでるかしら、ローナちゃん？」

「あっ、アリエスさん！　ありがとうございます！　こんなに、ごちそうしてもらっちゃって」

「いえ、お礼を言いたいのは、わたしのほうよ」

「え？」

「……本当は、わたしもあきらめていたの。〝水曜日〟を終わらせることはできなくて、この町はもうダメなんだって。だから……またこの町でこんなふうに騒げる日が来るなんて、思ってもみなくて……」

「……アリエスさん」

「ダメね……わたしったら。せっかくの楽しい席なのに。でも、本当に……ありがとう、ローナちやん」

「い、いえいえ！　私のほうこそ！」

ローナもつられて、ぺこぺこ頭を下げる。

ローナとしては、とにかく『シーフードが食べたい』ぐらいのことしか考えていなかったし、インターネットに書いてある通りに動いただけなので、ここまで感謝されると戸惑うというのが本音だった。

「そ、それに……私へのお礼なら神様に言ってください」

「神様に？」

「はい！　えっと、説明は難しいんですが……私は神様のお言葉を聞けるみたいなスキルを持っていまして。今回、作戦を考えたのも私ではなくて神様たちなんです」

「…………マジで？」

仮にも神官をしているアリエスにとっては、ものすごい爆弾発言だった。

とはいえ、『神に愛された少女』と考えると、いろいろと納得がいく。

アリエスはしばらく呆然《ぼうぜん》としたあと。

「ふふ……やっぱり、ローナちゃんは天使様だったのね」

「……？」

やがて、おかしそうに、くすっと笑ったのだった。

「ああ、それと……〝ウォール・ローナ〟と〝トラップタワー〟の使用料の話もしないといけないわね」

「使用料？」

「ええ。さすがに、あれをタダで使わせてもらうわけにはいかないわ。といっても前例がないから、すぐには具体的な金額を出せないけど……だいたいこれぐらいの額を、毎週ギルド口座に振込って形になるかしら」

「うぇっ!?」

ものすごい量の『0』が並んだ数字を見せられ、ローナが思わず悲鳴を上げる。

「あ、あのっ！　こ、ここ、こんなにもらうわけには……っ！　そもそも、私が勝手に作ったものですし……」

「いえ、それでも使わせてもらうわけだしね。それに、本来こんな額じゃ足りないわよ。あの規模の城壁や塔を作るには、材料費と運搬費と建築費と人件費を合わせて……数十億シルは最低でもかかるでしょうしね」

「で、でも……お金は大丈夫なんですか？　たしか、あまり余裕がないって話でしたが」

「ふふっ、そこは安心して！　〝借りぐらしのアリエスッティ〟と恐れられたわたしの本気を見せてあげるわ！」

「その本気は見せないでください」

いろんな意味で、このお金を受け取ったらダメな気がしてきた。

「と、ともかく、このお金はこの町の復興のために使っていただければっ！　私としても、お金よりこの町での観光を楽しめることのほうが大事なので！」

「うぅ〜っ、ローナちゃん……いい子すぎるぅっ！　マジ天使ぃっ!!」

アリエスにぎゅっと抱きしめられた。酒臭かった。

「それじゃあ、ひとまずお金は復興費にあてるけど……ローナちゃんが必要になったらいつでもギルド経由で引き出せるって形にするわね？」

「え、えっと……とりあえず、それで」

なんだか、思ったよりも大事《おおごと》になってしまったらしい。

なにはともあれ、ローナのこの町に来た目的のひとつ、『シーフードが食べたい』を満たしたところで。

「……ん？」

――しゅぽんっ♪　しゅぽぽぽぽんっ♪　と。

ローナの視界の中に、大量のメッセージが浮かび上がってきた。

『曜日クエスト：【水魔侵攻レイド】をクリアしました！』

『ランクS報酬：【水鏡の盾アイギス】【古代のメダル×10】【500000シル】【EXP5000

0】を獲得しました！』

『LEVEL　UP！　Lv47→54』

『システム：【ファストトラベル】が解放されました！』

『称号：【水曜日の守護者】を獲得しました！』

「あっ、水曜日クエストをクリアしたってメッセージが出ましたね！　わぁっ、クリア報酬もたくさん！」

「……？　メッセージ？　クリア報酬？」

きょとんとするアリエスをよそに、手に入れたものを確認していくローナ。

そこで、ふと、ローナはひとつの報酬に目をとめた。

「……ん？　なんだろう、これ……〝ファストトラベル〟？」

第8話　転移してみた

水曜日クエストから一夜明け。

平和を取り戻した港町アクアスは、さっそく朝早くからにぎやかな声に包まれていた。

一方、昨夜遅くまで宴会に参加していたローナは、昼頃にもぞもぞと起き、宿の部屋にてインターネット画面を指でつついていた。

調べているのは、もちろん――昨日手に入った水曜日クエストの〝クリア報酬〟についてだ。

（とりあえず、5万シルとEXP5万なんかは素直にうれしいけど……よくわからないのは、『水鏡の盾アイギス』と『ファストトラベル』の2つかな）

正確には、『ファストトラベル』はレベル50達成報酬らしいが。

とりあえず、インターネットでこの2つについてのページを確認する。

■防具／盾／【水鏡《みかがみ》の盾《たて》アイギス】
〔ランク〕Ｓ　〔種別〕盾　〔値段〕808億シル

［効果］ 防御＋８０８　精神＋８０８
　　石化耐性＋１００％　光耐性＋32％
◇装備スキル：【リフレクション】（Ｓ）
［効果］ 60秒間、自分の周囲に【魔法反射結界】を張る。
◇説明：水曜日クエスト【水魔侵攻レイド】のランクＳ報酬。
鏡面のように凪《な》いだ水を封じこめたこの盾は、『左右反転した別世界の入り口』になっていると
も伝えられているが、どちらが本物の世界なのかは謎に包まれている。
装備スキルは防御面はもちろん、火力面での恩恵も強く……。

■システム／【ファストトラベル】
◇説明：レベル50になると解放されるシステムスキル。
行ったことのある町などに転移することができる（転移場所は自動登録される）。
屋内では使えないので注意。

（ま、毎度のことながら……こんな世界を変えかねないものを、私にぽんぽんわたして大丈夫なの
かなぁ？　世界のバランスとか）
ちなみに、アリエスたちに話を聞いてみた感じ、この報酬をもらえたのはローナだけらしい。

(私がひとりでクリアしちゃったようなものだからかな？)

と、少し疑問に思うものの。

それよりも、早く報酬の検証をしてみたいという欲が勝った。

宴会の場だと人も多かったし、帰ったらすぐ寝てしまったしで、検証はできなかったけど……宿の部屋の中ならば人目もない。

(さて、どっちを試すかだけど……ひとまずは、こっちかな)

と、水晶のように透明な盾――〝水鏡の盾アイギス〟をアイテムボックスから出してみる。

これはクエストクリアのメッセージが表示されたときに、アイテムボックスに勝手に入っていたものだ。

盾には持ち手がなく、ローナの手の先でふよふよと浮かんでいる。

ちなみに、手の動きに合わせて盾も動くようだ。

(うーん、どういう原理で浮いてるんだろう、これ……？　ちょっと目立つし、日常生活では邪魔になりそうだし、戦闘時にだけ出すって感じかなぁ)

そもそも戦闘時以外では、終末竜衣ラグナローブだけでも防御面は充分だろう。

とか考えながら、なんとなく盾の上に乗ってみると。

「……っ！　こ、これは……っ！」

一瞬だけだが、ふわりと浮くことができた。

（お、おぉぉ……ちょっと楽しい！）

ちなみに、インターネットによると、『浮遊タイプの盾に乗った状態で、さらにジャンプすると〝2段ジャンプ〟ができるようになる（不具合）』とのこと。空中飛行スキルの【エンチャント・ウィング】があるとはいえ、ちょっとした段差を飛び越えたいときなどに使えるかもしれない。

そんなこんなで、空中盾サーフィンを満喫したあと。

ローナは改めて、盾の性能チェックをする。

「うーん、防御と精神が808増加かぁ……あいかわらず、意味不明な増加量……」

とりあえず、久しぶりに現在のステータスを確認してみた。

■ローナ・ハーミット　Lv54
［HP：508／508］［MP：99999／348］
［物攻：56（＋360）］［防御：114（＋1604）］［魔攻：221（＋3600）］
［精神：221（＋2484）］［速度：112（＋300）］［幸運：114（＋400）］
◆装備
［武器：世界樹杖ワンド・オブ・ワールド（SSS）］

【防具：水鏡の盾アイギス（S）】【防具：終末竜衣ラグナローブ（S）】
【防具：セーラー服（E）】【防具：猪突のブーツ（B）】
【装飾：エルフ女王のお守り（A）】【装飾：身代わり人形（F）】
◆スキル
【インターネット（SSS）】【星命吸収《テラ・ドレイン》（SSS）】【エンチャント・ウィング（S）】【集音Ⅱ（E）】【猪突猛進（B）】【女王の威厳（B）】【リフレクション（S）】
【魔法の心得Ⅸ（D）】【大物食いⅢ（D）】【殺戮の心得Ⅳ（D）】【竜殺しⅠ（C）】【錬金術の心得Ⅴ（D）】【プラントキラーⅠ（F）】【スライムキラーⅠ（G）】【フィッシュキラーⅠ（F）】
◆称号
【追放されし者】【世界樹に選ばれし者】【厄災の魔女】【ヌシを討滅せし者】【終末の覇者】
【女王薔薇を討滅せし者】【雷獅子を討滅せし者】【近海の主を討滅せし者】【暴虐の破壊者】
【水曜日の守護者】

（……ついに防御も4桁かぁ。つい最近までは防御9とかだったのに……ステータスがどんどん人外になってくなぁ。いつの間にか、よくわからないスキルも増えてるし）

と、少し遠い目をしつつ。

「とりあえず、スキルも試してみるか――リフレクション！」

そうスキル名を唱えてみると、ローナの周囲に、透明な結界が展開された。

どうやら、これは魔法を反射する結界とのことだが……試しに自分にプチヒールをかけてみると、治癒の光が反射して自分にかかった感覚がなかった。

（う、うん、これは普通にすごいスキルだね。もしも敵が魔法使いだったら完封できちゃうし……）

とはいえ、防御面の強化なら目立つこともないし、普通にうれしくはあるが。

（というか、攻撃面はこれ以上強くなったらやばいことになっちゃうしね……ん？）

と、そこで。

盾の性能についてインターネットで調べていたローナの目に、とある文章が飛びこんできた。

■防具／盾／【水鏡の盾アイギス】
現環境では無料配布みたいになっているわりに、かなりのぶっ壊れ性能。

【魔法反射】状態のとき、自分も対象とする範囲魔法攻撃を撃つと、通常分と反射分を合わせて魔法の威力を2倍にすることができる。


「…………………」

ローナは目をごしごしこすってから、ふたたび画面を見る。

『――魔法の威力を2倍にすることができる』

（……うん、見なかったことにしよう）

ローナはそっと画面を閉じた。

「よし……とりあえず、次いこうか」

気持ちを切り替えて、残った〝ファストトラベル〟の検証に移る。

こちらは、他の場所に転移できるというものらしい。

（……これまた、すごいものが手に入ったね）

さすが、歴史上でも到達者がほとんどいないという〝レベル50〟の報酬といったところか。一応、この世界のレベル上限は200らしいが……。

「えっと、どう使うんだろ、これ？　とりあえず――ファストトラベル！」

そう唱えてみると。

アイテムボックスのときと同じように、地名のリスト画面が手元に現れた。

そこに書かれているのは、『イフォネの町』『イプルの森・休憩地点』『エルフの隠れ里』『黄昏の古代教会』『ググレカース邸』『黄昏の地下神殿』『港町アクアス』……と、ローナがこれまでに行ったことのある場所だ。

（えっと、この地名をタッチすれば転移できるってことかな？　な、なんだろう、この親切設計……？）

本当にリストにある場所に転移できるのなら、ものすごく旅が快適になるだろう。

これまで訪れた町にも、頻繁に戻ることができるようになるし……。

アイテムボックスと合わせて〝転売〟という邪悪な商売に手を染めれば、すぐに巨万の富を稼げてしまうかもしれない。

（……これは、本当にとんでもない力だね）

ローナは思わず、ごくりと唾をのむ。

こちらも、インターネットと同じく、バレたらやばそうな力だが……。

（うーん……でも、やっぱり楽はしたいしなぁ）

ローナの中の天秤《てんびん》が、『使っちゃえ！』というほうにかたむく。

そもそも危険地帯から転移して脱出できる〝帰還の翼〟というアイテムもあるし、ただ使うだけならそれほど目立つこともないかもしれないし……。

というわけで、ローナは意を決したように、地名リストに指で触れた。

「と、とりあえず、物は試しだよね。それじゃあ、まずは――イフォネの町へ！」

その言葉とともに、ローナの体がまばゆい光に包まれる。

そのまま、不思議な力でふわりと体が浮かび上がり——。

「お、おお……？　な、なんかすごい……っ！　こうやって飛ぶんだね……って、あれ？　ちょっ、待っ————」

——ずぼしゃァアアッ!!

と、ローナは勢いよく、天井に頭から突き刺さった。

「………うん、なるほどね」

ぷらんぷらん……と。

頭だけ天井に刺さった状態で、ローナはふぅっと息を吐く。

とりあえず、建物の中では使わないほうがいいらしい。

そういえば、インターネットにも『屋内では使えない』と書いてあった気もするが……まさか、こういう感じだとは思わなかった。

（うーん、外でまた検証し直すかぁ……って、あれ？　頭が抜けない……）

ぐぐぐっと天井と格闘すること、しばし。

「お客さ〜ん！　なんかすごい音しましたが、大丈夫ですかぁ……？　お客さ……お客さんっ!?　えっ、どういう状況!?」

「あっ、ちょうどいいところに。ちょっと抜くの手伝ってもらえませんか？」

「きゃああああッ!?　しゃべったぁああああ――――ッ!?」

◇

そんなこんなで、ローナがファストトラベルの検証をしていた頃――。

イフォネの町の周囲は……戦場になっていた。

市門へと迫ってくるのは土人形のようなモンスターの大群。

そして、その大群に立ち向かっているのは、町の冒険者たちだった。

「はぁ……はぁっ！　まだ全盛期には及ばない……けどっ！　雷槍術《らいそうじゅつ》――稲妻突き！」

最前線に立っているのは、最近まで冒険者を引退していた衛兵ラインハルテだ。

ばりィイイ――ッ！　と。

ラインハルテの槍が稲妻のように戦場を駆けめぐり、モンスターたちを蹴散らしていく。

さらには――。

「エリミナさん！　敵のボスの前が、がら空きです！　今のうちに魔法を！」

「私に指図とは頭《ず》が高いわよ、衛兵？　でも、私のエリートな見せ場のためによくやってくれたわ」

エリミナの手から巨大な魔法陣がきらめき、膨大な炎が放たれた。

「焼け滅びなさい！　獄炎魔法——エリミネイトフレイムッ!!」

炎は敵陣で大爆発を起こし、一瞬でモンスターの大群をのみこんでいき——。

「やったか!?」「勝ったな、がははっ！」「圧倒的じゃないか、我が軍は！」「この状況で俺たちが負ける確率は……〝ゼロ〟か」「ちょっと風呂入ってくる」

わっ、と。

その場にいた冒険者たちから歓声が上がった。

前衛——疾風迅雷のラインハルテ・ハイウィンド。

後衛——焼滅の魔女エリミナ・マナフレイム。

地方最強クラスのタッグの強さに、一瞬だけ楽観ムードが生まれるが……。


「————ぬるい、な」

ぶォンン——ッ！　と、勢いよく炎が振り払われた。
煙が晴れた先に立っていたのは、溶岩でできた巨人だった。

「なっ、直撃したはずなのに――っ!?」

「う、嘘っ!? 私の獄炎魔法を食らって無傷っ!?」

「ぐご……我は溶岩魔人ラーヴァデーモン。上位の魔族なり。溶岩の下位互換である炎なんぞでは、我に傷ひとつつけられぬわ」

下等な人間を見下すように高笑いをする溶岩魔人。

魔族とは、力に溺れて神々と戦争をした古代人の姿だと言われている。

すでに滅びたとされているが、もしもそんな魔族が復活したとしたら……。

――世界が終わる。

エリミナとラインハルテの脳裏に、同時にその言葉が浮かんできた。

「エルフをも支配した人間がいるというから、少しは楽しめるかと思ったが……やはり虫けらは虫けらか。まあよい、この町に封印を解くための〝呪文〟がないことは、すでにわかった。もはや――用済みだ」

溶岩魔人がつまらなそうに指を鳴らすと。

ふたたび、ぞぞぞぞ……と、配下のモンスターたちがわいてきた。

「そ、そんな……きりがないっ!」

ラインハルテは荒く息を吐きながら後ずさる。

ここまでの連戦で、すでに体力もＭＰも底をついていたのだ。

「まさか、あの魔族を倒さないかぎり、ずっとわき続けるのか!?」

「だ、だが、Aランクスキルでもダメージが通らないんだぞ……？」

「ぼ、僕が少しでも時間を稼ぎます！　その隙に、町民たちの避難を……っ！」

と、決死の表情で槍をかまえるラインハルテ。

しかし、冒険者たちは誰も動けない。ただその表情には絶望の色が広がっていた。

それでも、わずかな希望を信じて、その視線は――エリミナのほうへと一斉に向けられた。

地方最強ともうたわれる魔女エリミナ。

彼女なら、なにかをしてくれるのではないかと。

一方、エリミナはというと――。

（……どうして、こうなったの）

つぅっと冷や汗を流しながら、心の中でひたすら自問自答をしていた。

（なんで……なんでよぉおおっ!?　なんで私がギルマスの代だけ、こんなのばっかなのよぉお……っ!?　おかしいでしょぉおっ!?　呪われてるの、私っ!?　あぁあぁあっ、くそぉおっ！　あのとき退職しとけばよかったぁあっ!!　エリミナ、もうおうち帰るぅううう――ッ!!）

エリミナはただ、自分のありあまる才能にあぐらをかいて、ぬくぬくエリート人生を謳歌《おうか》できればそれでよかったのだ。それなのに……なぜだか、ローナ・ハーミットが現れてからというもの、全てがおかしな方向に進んできている気がする。

（……こうなったら、最後の手段ね）

エリミナはふぅっと息を吐くと、溶岩魔人に向かって口を開いた。

「ねぇ、魔族。ひとつだけいいかしら？」

「ほぅ？　なんだ、人間よ」

「……この町はどうなってもかまわない。だから、私の命だけは助けてくださ――」

「残念だったな、魔族！　こっちには、たったひとりでググレカース家に反逆した誇り高いエリミナ様がいるんだぞ！」

「この誇り高いエリミナ様が、魔族なんかに負けるわけないだろうが！」

「さあ、誇り高いエリミナ様！　やっちゃってください！」

（やめろぉおおお……っ！　私にヘイトが向くだろうがぁああァッ!!）

しかも、なんとなく命乞いできない空気になってしまった。

「ぐごごご……エリミナ・マナフレイム、か。貴様のことは聞いている。目先の欲に溺れず、ググレカース家を裏切った誇り高き人間だとな」

「……え？　ふ、ふぅん？　ま、まあ、当然のことだけど？　私ってエリートじゃないことはしない主義だし？　ちなみに、参考までに他にどういうことを聞いているか教えてくれてもいいのよ？」

褒められて満更でもなくなってきたエリミナだったが。

「ほぅ？　そうか……実に惜しいな。貴様だけは力を与えて生かしてやろうと考えていたが」

「…………え？」

「我らは〝魔女〟の称号を得た人間を、高く買っている。Aランクスキル持ちである貴様ならば、すぐに魔族の中でも幹部になれただろうが……」

「待って、その話くわしく」

「ぐごご……残念だ、誇り高き魔女よ。かくなる上は、この町とともに滅ぶがよい」

「ま、待って、もうちょっとお話しましょう!?　ね!?」

「――さあ、真の絶望を教えてやろう」

「待ってぇえっ！　それより待遇面のこととか教えてほしいなぁ、なんて！」

しかし、エリミナの声はもはや溶岩魔人には届いていなかった。

ひゅぉおおぉォオオ……ッ！　と。

溶岩魔人の手の中に、膨大なマナが集まりだし、暴風となって周囲に吹き荒れる。

「な……っ！　なんて、マナの量なの!?」

「……ぐっ!?　前が見えな――」

エリミナたちごと、イフォネの町を焼き払おうとしているのだろう。

その力の奔流に、光と風が暴れまわり、多くの冒険者たちがまともに立っているどころか、目を開けていることすらままならない。

(こうなったら、最後のMPを振りしぼって、少しでも相殺するしか……っ!)

エリミナも負けじと魔法を構築し始めるが。

しかし、目の前のマナはそれ以上の速度で、どんどん膨れ上がっていき――。

「…………うそ、でしょ……」

その人智を超えたマナの量を見た瞬間、エリミナの心がついに折れた。

エリミナの目に映るのは、天をつくほどのマナの光。

そして、その光の中心にいたのは――。

「――おぉぉっ！　本当にイフォネの町だ！　……って、エリミナさん？　わぁっ、エリミナさんだぁ！　あっ、ラインハルテさんも！　こんにちは～っ！」

――なぜか、いきなり降臨してきたローナ・ハーミットだった。

(……な……なんでよぉおおおお――ッ!?)

思わず、エリミナは心の中で叫ぶ。

ごごごごごぉぉぉ――――ッ‼　と。

溶岩魔人の何十倍ものマナをまとった少女。

それはエリミナのトラウマであり、もはや溶岩魔人とかより絶望感のある存在だった。

そして、くしくもローナのいきなりの降臨と、溶岩魔人の攻撃はほぼ同時だった。

「ぐごごごごッ！　この期に及んで召喚獣でも出してきたかぁ？　ならば、こいつごと貴様を消し飛ばしてくれるわっ！」

溶岩魔人がローナに向けて手のひらを向け――――。

「死ねぇええッ！　豪炎無双波ァあああぐべらあああァアア――――ッ‼」

ごぉおおおぉォオオ――――ッ‼　と。

ローナへと放たれた爆炎が、なぜか跳ね返って溶岩魔人をのみこんだ。

そのまま、ちゅどーん！　と冗談みたいな大爆発がローナの背後でまき起こり――――。

「え……？　え……？」

そこで、ようやくふり返ったローナが見たものは……。

大きくえぐり飛ばされた草原と、ぼろぼろに崩れかけている溶岩魔人の姿だった。

（う、うわっ。なんか、すごく強そうなモンスターが……えっ、怖い）

自分が魔法反射スキル〝リフレクション〟を発動させていたことを、すっかり忘れていたローナであった。

「お、おい、あの魔族……死にかけてないか……？」

「い……いったいなにが？　エリミナ様がなにかやったのか？」

ようやく視界が回復した冒険者たちも、状況がわからず立ち尽くす。

この一瞬の間に、いったいなにがあったのか……。

わずかでも視認できていたのは、エリミナだけだった。

（う、嘘でしょ……あの魔族を一撃で……？　しかも、相手を見ることすらせずに……？）

そう、エリミナは見ていたのだ。

ローナ・ハーミットが、溶岩魔人の魔法を一瞬で模倣して放ち——そして上回ってみせたところを。それも、まるで『お前など敵ではない』とばかりに背中を向けたまま……。

（こ、これがローナ・ハーミットの力……っ）

あまりにも理解の範疇《はんちゅう》を超えた神業だった。

なにが起きたのか、誰も理解できないのは当然であり——。

「ぐ、ぅ……おのれ……っ」

崩壊する体をなんとか押さえながら、溶岩魔人が吼《ほ》える。

「お、おのれぇえッ……エリミナ・マナフレイムぅううう――ッ!!」

溶岩魔人もまた、状況を理解できていなかった。

「ぐ、ごぉ……っ！　我にこれほどの傷を負わせたことを褒めてやろう。たしかに貴様は強い……我では貴様には勝てんようだ」

「……え？　……え？」

「ぐぐぐ……ぐごごご……ここはいったん退いてやろう。だが、ゆめゆめ忘れぬことだ。我以外にも魔族はたくさんいるッ！　ここで我が倒れても、第2第3の魔族が……エリミナ・マナフレイムという〝英雄〟を殺すために動きだすであろうッ！」

「待って！　私、関係ないッ!!」

「ぐごごっ！　さらばだッ！」

「えっ、ちょっと……いやっ！　まだ行かないで！　いやあああああっ!!」

そのまま溶岩魔人は、地面に溶けこむようにその場から姿を消した。

それから、しばしの沈黙が流れ、そして――。

「うぉおおおおッ!!　エリミナ様が魔族を倒したぞぉおお――――ッ!!」

冒険者たちの歓声が、一斉に爆発した。

「すげぇえええっ！　英雄エリミナ・マナフレイムの誕生だ!!」

「俺たちは今、〝歴史〟を目撃しているッ!!」

「えっ、ちょ……待って、やめてっ！　私、倒してない！　魔族に狙われたくないッ!!」

一方、ローナも周りにつられて、ぽけーっとした顔で拍手をしていた。

(そっかぁ、あの強そうなモンスターは、エリミナさんが倒したんだね……エリミナさんは、やっぱりすごいなぁ。誇り高いし、慈悲深いし、それでいて謙虚だし)

エリミナの活躍をちゃんと見られなかったのは残念だが、ちょうどいいタイミングで来ることができたのかもしれない。

そう思いながら、近くにいたラインハルテへと歩み寄った。

「あっ、ラインハルテさん！　これ港町アクアスのお土産のハイパーサザエです！　ギルドのみなさんで食べてください！」

「は、はぁ。というより、あの……いつの間に帰ってきたんですか、ローナさん？　王都のほうへ向かっていたはずでは？」

「あっ、えっと……お土産を買い忘れたので戻ってきました」

「……？　そうですか？」

ひとまず、それでごまかせたらしい。

とくに不審に思われた様子もなく、ラインハルテも「まあ、ローナさんだしなぁ」と勝手に納得してくれていた。

とはいっても。

（あんま考えずに転移しちゃったけど、これからは間隔をあけたほうがいいかな）

思えば、他の町にいるはずの人間が、頻繁に戻ってくるのは不自然だろう。

この町で家を買えば、普段はそこにいるとごまかせるかもしれないが……その辺りも、おいおい考えていったほうがいいかもしれない。

それはそうと。

（あ、そうだ！　せっかくだから、イフォネの名物も補充しとこっと。アリエスさんたちにもわたしたいもんね）

と、ローナはマイペースに町の中へと歩いていく。

ラインハルテは、そんな背中を見送りながら、やがてはっと気づく。

「なるほど、またしてもこの町のピンチを察知して颯爽《さっそう》と駆けつけたというわけですね。おそらくさっきの魔人を倒したのもローナさんだけど、その功績を誇らずにクールに去るとは……さすがローナさんだなぁ」

◇

イフォネの町でいろいろとお土産を買いこんだあと。

ローナは次に、エルフの隠れ里に転移した。

エルフたちには転移現場を見られてもいいかなと思って、そのまま里の前に転移したら少し騒ぎになってしまったが……。

なにはともあれ、城へと向かうと、さっそくエルフの女王エルハゥルと姫のエルナに出迎えられた。

「こんにちは！　女王様、エルナちゃん！」

「あっ、救世主様！」

「〝おっは～〟である、ローナ殿。ここを出てから2週間も経っておらんが、ずいぶんと早かったな」

「はい！　実はこのたび、行ったことのある場所に転移することができるようになりまして！」

「……なるほど。あいかわらず、めちゃくちゃやっているようで安心したぞ」

「エルフの隠れ里は、あれからどうですか？」

「うむ。ローナ殿のおかげで〝よいちょまる〟だ」

「みんな、〝まじルンルンご機嫌丸〟ですよ！」

（……？　なに言ってるんだろう、2人とも？）

自分の教えた言葉をすでに忘れているローナであった。

「あっ、そうだ。これお土産です！」

それから、他の町で買ってきたお土産を2人にわたす。この前、この里を訪れたときは、お土産をもらうばかりになってしまったので、そのお返しだ。

「このホタテ食べてみてください！　飛べますよ！」

「ほぅ……？　海の幸など数百年ぶりだが、これは……〝飛ぶ〟な」

「わぁ！　シーフードって、わたし初めてです！　ホタテって甘くて、すごく飛べますね！」

最初はエルフの口に合うか不安だった海産物だが、びっくりするぐらいに好評で、ローナが持ってきたものはすぐになくなってしまった。

むしろ、『エルフならフルーツとか好きかな？』と選んだイプルパイのほうが反応は小さかった。

森の中で長生きしていることもあって、野菜やフルーツにはもう飽きているのかもしれない。

ただ、港町アクアスにあったスイカだけは、見たことのないフルーツなのかわりと好評だった。

そんなこんなで、いつの間にか他のエルフたちも集まってきて、宴のようになり――。

「それでは、救世主様の帰還を祝して――乾杯《KP》!!」

「「――いぇあッ!!」」

そんな陽気なノリとともに、酒がくみ交わされる。

それから、ローナは目をキラキラさせたエルナに、インターネットの画像や写真を見せながら土産話を聞かせていた。といっても、エルフの隠れ里を発ってから時間はあまり経っていないため、話せることはあまりなかったが。

「わぁ……雷がずっと降っている湿原に、景色のずっと先まで広がっている大きな水たまりですか！　なんだか、おとぎ話の世界みたいですね！　こういうのって、〝ナーロッパ〟って言うんでしたっけ！」

「しかも……水曜日になるとモンスターが必ず大量発生する町か。まるで〝嘘松〟であるな」

「ちなみに、海のにおいは人の口臭と同じなんですよ」

「わぁ！　アマゾン生えます！　いつか、わたしも海見てみたいなぁ！」

「それなら、今度、私がつれて行ってあげますよ」

「本当ですか、救世主様！　約束ですよ！」

「む、むぅ……しかし、エルナは子供だし、まだ外の世界は危険ではあるまいか？」

「もう、お母様！　わたしだって、もう１３０歳！　いつまでも子供じゃないんですからね！」

（…………エルナちゃんって、１１５歳も年上だったんだ）

などと、土産話などに花を咲かせていたところで。


「――陛下、少し確認していただきたいものが」


と、近づいてきたのは、白衣姿の紫髪の女エルフだった。

以前よりもどこか真面目そうな格好をしているが、間違いない。

毒花粉をばらまき、世界征服の一歩手前まで近づいた薬師――。

「あっ！　もしかして、ザリチェさ――」

「ひ……ひぃぃいいぃッ!?　出ましたわぁあああああ――ッ!?」

めちゃくちゃ悲鳴を上げられた。

「え？　あ、あのぉ」

「言う通りにします！　しますから！　ひどいことしないで！」

（……なんで怯《おび》えられてるんだろ？　私、ザリチェさんになにかしたかな？）

それから、しばらくして。

とりあえず、ザリチェが落ち着いたところで話を聞いてみると。

「へぇ、ザリチェさんは今、薬草の無限採集法の研究をしているんですね」

「ああ、ザリチェはもともと研究者として有能であったからな。罰としてただ強制労働させるよりは、その知識やスキルを活かしてもらったほうが実りも多いと考えたのだ。この間のようなことがないよう、とくにマボロリーフの量産体制は作っておきたいしな」

「なるほど、適材適所っていうやつですね」

「お母様やみんなにひどいことしたの、許したわけじゃありませんけどねっ」

いろいろ複雑な状況ではあるものの、一応は収まるところに収まったという感じらしい。

「でも、大丈夫なんですか？　ザリチェさんの植物を操るスキルは、その……危険かもしれませんが」

実際、ザリチェはエルフたちに野望を感づかれることなく、秘密裏に世界征服の一歩手前まで迫っていたのだ。警戒するに越したことはなさそうだが。

「まあ、心配なさらずとも……今のわたくしは、ただのトゲを抜かれた薔薇みたいなものですわ。罪人用の契約魔法をかけられているから逆らえませんし、ググレカース家からのマナの供給がなければたいしたこともできませんし。それに……」

と、ザリチェがぷいっと顔をそむける。

「今はあなたが持ちこんだ、この〝ローナ式農法〟を研究していたほうが楽しいんですの。少なくとも100年間は、世界征服なんてしている暇がありませんわ」

「ローナ式農法……」

以前に教えた無限採集法に、なんか変な名前がつけられていた。

それから、ザリチェが興味津々といったように、ローナにいろいろと質問を浴びせてきた。

「らふふふふ♡　すごいですわぁ♡　本当に、この世には知らない薬草や錬金レシピがたくさんありますわぁ♡」

と、だんだんテンションが上がってくるザリチェ。

「まったく、陛下も〝神々の俗語《ゴッドスラング》〟などに執心してないで、こういった実用的な知識を聞くべきなのですわぁ♡」

「うぐ……」

「あっ、そうだ。この辺りに生えてない薬草とかありますけどいります？　雷湿原のカミナリーフ、港町アクアスで売っていたスイッチハーブ、ウルス海岸のサンゴツリーの枝とか……」

「いいんですの!?」

「ザリチェさんの分のお土産はなくなっていたので」

「らふふ♡　わたくしにはこちらのほうがご褒美ですわぁ♡　んほぉ〜、この草具合たまりませんわぁ♡　おハーブですわぁ♡」

と、その辺の地面で拾ってきた草に、よだれを垂らしながら頬ずりし始めるザリチェ。

わりとマッドサイエンティスト気質というか……研究熱心なエルフらしい。

見れば、持ってきていた紙の束にも、細かいグラフなどがびっしり書きこまれていた。

もともと世界征服を狙っていたのは、『好奇心を満たしたかった』という理由も大きかったようだし、わりとこっちが素なのかもしれない。

それから、エルフたちと一通り話したあと——帰り際。

「ああそうだ、ローナ殿。これをわたしておこう」

女王がローナに袋をわたしてきた。

袋の中を見ると、水晶玉がぎっしり入っていた。

「これは？」

「ググレカースのやつらが悪事に使っていた〝通信水晶〟という古代遺物《アーティファクト》だ。これにマナを注いでおけば、なにかあったときに対になる水晶と通信を取ることができるらしい。里の外にもエルフがいるから、なにか困ったことがあればその者らに連絡を入れてくれ。きっと力になるだろう」

「へぇ、便利なアイテムですね。でも、こんなにもらっちゃっていいんですか？」

「わらわがこれだけ持っていても使わんからな。他にもわたしたい相手がいたら、わたしておくといい」

「ありがとうございます！」

というわけで、ありがたく通信水晶をアイテムボックスへとしまうと。

ローナはエルフの隠れ里をあとにしたのだった。

第9話　ご当地キャラを作ってみた

水曜日クエストから数日後。

本格的に復興が始まった港町アクアスは、すでに見違えるほどの活気を取り戻していた。

復興はまだまだ時間がかかるだろうけれど、『これからは安全に生活できる』という希望のおかげか、人々の復興作業にも身が入っているらしい。

「ふわぁ……こんにちは～」

今日も昼近くまでだらだら寝ていたローナが、ご飯を求めて魚市場に顔を出すと。

「おおっ、ローナ様じゃないかい！」

「ありがたやーっ！」

「ローナ様だぁ！」「わーいわーい！」「待て待てー！」

と、たちまち町民たちに取り囲まれてしまった。

「あ、あの、ローナ様っていうのはやめてほしいなと……」

どうやら、悪夢のような〝水曜日〟から町を解放したこともあって、ローナはこの町の英雄みたいに思われているらしい。町民たちに悪気はないのだが、ローナとしては少しむずがゆいものがあった。


「あの、そういえば……王都行きの定期船は、もうそろそろ出そうですか？」

「ん？　ああ、そういや、もうすぐ再開するって聞いたねぇ」

「あっ、そうですか！　よかったです！」


王都行きの定期船に乗るというのは、この町に来た目的のひとつだ。

水曜日クエストのせいで、船が出るまでに時間がかかってしまったが……。

もともと1週間はこの町にいる予定だったし問題はない。

（まだまだ見たいものや食べたいものは、たくさんあるしね）

　というわけで。


「この屋台にあるもの全部ください！」

「おお、ローナ様！　今日もたくさん魚を買ってくねぇ！」

「はい！　町から出る前に、この町の〝びーきゅーグルメ〟も制覇したいので！」


そうして、ぶらぶら屋台めぐりをしていたところで。

（……ん？　あれは……アリエスさんとドワーゴさん？）

ふと、アリエスとドワーゴが、町民たちと真剣な様子で話しこんでいる場面に出くわした。

（……？　また、なにか問題でも起きたのかな？）

そう首をかしげつつ、ローナはアリエスたちのもとへと歩み寄る。

「こんにちは、アリエスさん！　なにかあったんで――」

「あっ、ローナちゃんだ！　ぎゅぅううううっ!!」

「わっ」

いきなり抱きしめられた。

「はぁ、はぁ……ローナちゃん、今日もかわいいネ♡♪　天使かと思っちゃったヨ!?（笑）　ところで、今日これから、食事とかどうカナ??（汗）　わたしは、ローナちゃんを食べたいナ♡（チュッ！）　ナンチャッテ☆（↑コラッ！）」

なんか、おじさん臭かった。

「あ、あの……？」

「――はっ！　ごめんなさい！　つい、内なるおじさんが目覚めてしまって……」

「内なるおじさん」

いや、そんなことよりも。

「あの、なにかお困りのようでしたが」

「え？　あー、それは……心配しなくても大丈夫よ。なにか問題が起きたわけじゃなくて、ちょっと町の運営について話し合ってただけだから」

と、アリエスが言うと、後ろからドワーゴが口を出してきた。

「おい、ローナの嬢ちゃんにもアイディアを出してもらうのはどうだ？　この嬢ちゃんなら、また面白いこと考えてくれそうだろ」

「いえ、たしかに、ローナちゃんなら全部なんとかしてくれそうだけど、ローナちゃんに頼りっぱなしになるのも……」

「私は大丈夫ですよ！　なにか力になれるなら、なんでも言ってください！」

「そう？　うーん……そうね。それじゃあ、また力を貸してもらえるかしら？　もちろん報酬は払うわ」

「わかりました！　……といっても、なにをすればいいんでしょうか？」

「町おこしのアイディアを出してほしいのよ。せっかく町も安全になったことだし、なんとかして人に戻ってきてもらって、お金をがっぽがっぽ……げふんげふん！　と、ともかく、町を盛り上げたいと思ったんだけど……わたしたちだけじゃ、なかなかいいアイディアが出なくて」

「なるほど、町おこしですか……うーん」

たしかに、〝水曜日〟のせいで人手もお金もなくなって困っているみたいだし、力になれるならなりたいとも思っていた。

ただ、さすがに町おこしとなるとローナも専門外だ。

というわけで。

（こういうときこそ――インターネット！）

ローナはいつもの光の画面を出して、町おこしについて検索をかけてみた。

（えっと、『ふるさと納税』？　『ＳＮＳ戦略』？　『アニメコラボ』？　うーん、いつにも増してよくわからない言葉が多いなぁ。他には……ん？　これは――）

そこで、ローナは発見した。

「アリエスさん！　いいことを思いつきました！」

「えっ！　なになに？　なんでも言ってみて！」

「――〝ご当地キャラ〟を作りましょう！」

◇

というわけで、宿に戻ってきたローナは、さっそく港町アクアスのマスコットキャラクター――いわゆる〝ご当地キャラ〟のデザインを考えていた。

（うーん、明日までに作りますって言ったものの……意外と難しいなぁ）

インターネット上のお絵描きサイトを使って案を出しながら、ローナは思わずうなる。

（……ちょっと安うけ合いしすぎたかな？）

と、先ほどまでのやり取りを思い出す。

『ご当地キャラ？　それってどういうものなの？』

『その地域を代表するゆるい感じのマスコットみたいなキャラクターのことです。どういうものかは説明が難しいですが……そうだ！　実物を見たほうが早いと思いますし、明日までに考えてきますよ！』

『それは助かるわ！　ローナちゃん、いい子！　ぎゅぅううっ！』

そんなこんなで、明日までに〝ご当地キャラ〟を作ることになったのだが。

「だ、ダメだぁ……案がまとまらない！」

思えば、今まで貴族のたしなみとして写実的なデッサンの勉強はしたことがあったが、こういうデザインみたいなものはしたことがなかった。

ご当地キャラはなんだかデザインが簡単そうだし、すぐに作れるかと思ったのだが……シンプルにするというのは、思ったよりも難しいようだ。

実際に自分で作ろうとしてみると、既存のデザインがいかに洗練されているかがよくわかる。

かといって、インターネットの画像をそのまま写し取るのは、〝トレパク〟という邪悪な行為みたいだし。

とにかく、インターネットにいろいろ教えてもらうしかない。

(とりあえず『猫要素を入れると人気が出やすいです』かぁ。この町はそういえば猫も多いし、ここはアピールしておきたいね)

というわけで、画面に『猫』とメモをした。

ただ、『港町アクアスのマスコット＝猫』というのは、少し違う気もする。

（うーん、ベースは『海』に関係するものにしたいよね……とすると、やっぱり『魚』かなぁ？

あと、着ぐるみとか作るなら手足はあったほうがよさそうかな？　それと陸地でも活動できるって設定にしたいよね）

と、いろいろメモはたまっていくのだが、うまく案がまとまらず。

（うぅ～っ！　助けて、インターネット先生！）

とりあえず、『魚』や『手足』などのキーワードを打ちこんで、いろいろと検索をかけてみる。

そうしているうちに、ローナはとある画像を発見した。

（……ん？　『くとぅるふ神話』……？　『深きものども』……？）

しばらく、ローナは検索結果で出てきた画像を見つめ――。


「――――こ、これだっ!!」

と、ローナは思わず、叫んだのだった。

◇

「というわけで、アクアスのご当地キャラ――半魚人の〝ふかきモン〟です！」

翌日、冒険者ギルド集会所の会議室にて。

ローナはアリエスたちに向けて、ご当地キャラのプレゼンをしていた。

「この子は、普段は深海で暮らしてるんですが、大好きな人間に会うために港町アクアスにやって来たという設定です！　それと〝ふかっしー〟という子供もいて、こちらはいつも元気に粘液汁をブシャーッと飛ばしていて……」

「「…………………」」

町民たちが地獄を見ているような面構えで、そのデザイン画を見る。

そこに描かれているのは――『名状しがたい半魚人のようなもの』だった。

それも、やけにリアルかつグロテスクな筆致で描かれており……。

そのぽっかりと開いた牙だらけの口からは、なぜか『ネコォオオオオッ!!』と雄叫《おたけ》びを上げているようなふきだしがつけられている。

（……ゆるい……キャラ？　いえ、たしかに人類を嘲笑っているかのように口元がゆるんでいるけども……え？　〝ご当地キャラ〟ってこういうものなの？　なんか思ってたのと違う）

さすがのアリエスでもフォローができず、冷や汗をだらだら流して固まっていたが。

やがて、意を決したように口を開いた。

「ローナちゃん、あの……ひとつ聞いてもいいかしら」

ネコォォオォッ!!

スン…

「はい？」

「……最近、つらいことでもあった？」

「え？　最近は毎日が楽しいですよ！」

「そ、そう……それなら、よかったわ……うん」

「あ、あれ？　もしかして……〝ふかきモン〟、かわいくないですか？」

「い、いえ、そんなことないわ！　よ、よく見ればキモかわいい気も……」

「え……きも……？」

「いいえ、〝肝〟がかわいいなって思ったの！　ほら、お腹のところ内臓がちょっと透けて見えるのが、すごくキュートだなって！」

「あ、気づきましたか？　そこは私のこだわりなんです！」

「や、やっぱりそうよねぇ!?　ち、ちなみに……このふきだしの『ネコォォオオッ!!』っていうのは、なに？　捕食対象である猫を見つけて喜んでる図？」

「ち、違いますよっ！　これは〝ふかきモン〟の鳴き声です！　なんて恐ろしいこと考えるんですか、アリエスさんは！」

「えっ」

「ふふんっ、こうやって猫要素を入れると人気が出やすくなるんですよ！　やっぱり、時代は〝猫〟なんです！」

「…………なるほど」

アリエスはゆっくりと目を閉じた。

（……あれ、もしかしなくても……人選、事故った？）

思えば、今までローナに任せれば全部なんとかなっていたから、今回もローナがなんとかしてくれると頼りきってしまっていたのかもしれない。

それが、とんでもなく裏目に出てしまったようだ。

（くっ……だが、ローナの嬢ちゃんには恩義があるし）

（このデザインも、この町のためを思って作ってくれたものだしな……）

（この子を傷つけるようなことだけはできないっ！）

だからこそ、その場にいた町民たちは、覚悟を決めた顔で頷き合い――。


「きゃあああっ!!　〝ふかきモン〟、かわいすぎるぅううッ!!」

「いやいやいや!?　画伯すぎるだろぉおおおッ!?」

「ローナ様すげぇえええッ!?」


「え、えへへ……そ、そうですか？　よかったぁ！」

そんなこんなで、〝ふかきモン〟は港町アクアスの公式マスコットキャラクターとして採用が決定されたのだった。

◇

それから、しばらく経った頃――。

「はぁ……次回作はどうしたものかな」

港町アクアスに、王都の人気小説家ラブカ・ライト（美少女）がやって来ていた。

〝魔の水曜日〟などとも呼ばれるモンスターのスタンピードを乗りきった町ということで、なにか次回作の着想が得られるかとも思ったのだが……。

「話を聞いてみれば、〝大天使ローナちゃん〟とかいう超絶美少女がいきなり降臨して、ひとりで全てを解決してくれただって？　まったく、ご都合主義もいいところだ。町おこしのために英雄譚《たん》をでっち上げたんだろうけど、こんなクソシナリオでは読者からクレームが来るぞ」

と、期待外れの取材成果に、ラブカはぶつぶつと文句を言う。

「しかし、近頃まったくアイディアが降りてこないな……なにか刺激になるようなものはないものか……この町の〝海底王国アトラン〟の伝説でも調べてみるか……って、む？」

そこで、ふと。

ラブカはなにかに導かれるように顔を上げ――。

「――――ッ!?」

ぞくっ、と背筋に電流が走った。

その視線の先にあるものは、町の公式マスコットキャラクター〝ふかきモン〟のグッズ売り場だった。

怪しげな黒ローブ集団や、これまたフードで顔を隠した美形集団が、こそこそとグッズをまとめ買いしているが……彼らの不気味さも相まって、他にその売り場に近づこうとしている人間はいない。

しかし、ラブカは気づけば――そのグッズ売り場に飛びついていた。

(な、なんだ……このおぞましい物体はっ!? 見ているだけで吐き気をもよおすような邪悪なデザインだ……っ！ まともな精神状態で作られたとは思えない！ こ、こんなの……見たことないぞ!? 作り手の心の闇が――不条理な人生に対する嘆きと愛が、この作品を通して頭に直接流しこまれてくるようだ!?)

気持ち悪いのに、なぜだか目が離せない。

まるで、運命の相手と出会ってしまったかのように。

(なんて……なんて、凄まじい芸術作品なんだッ!! そうか、これだ……これなんだっ！ ボクがずっと追い求めていたものは……っ！)

ぞくぞくぞくぅぅう――ッ！ と。

激しい快感をともなうインスピレーションの波が、背筋を這い上がってくる。

こんな理性を溶かされるようなすごい感覚は、今までに経験したことがなかった。

「はぁ……はぁっ！　す、すごいぞっ！　次々とアイディアがわいてくるっ！　そうだ、この〝ふかきモン〟を主人公にした小説を書こう！　タイトルは『深海を追放された俺、どうやら地上ではイケメンで最強のようです（笑）』で決まりだな！　主人公の口癖は、『俺、また深いことやっちゃいました？』で……ああっ……ああっ、創作意欲がおさまらないっ!!　こんなのは初めてだ!!　こうしちゃいられないぞっ!!」

ラブカはさっそく宿へと駆けだし、なにかに取り憑《つ》かれたかのように、不眠不休でいくつもの小説を書き上げた。

やがて、その作品に触発された他の作家たちも、〝ふかきモン〟を題材とした小説を書き始め
――。

その後、それらの作品群は『ふかきモン神話』『俺HUKEEE小説』などと呼ばれて一部の界隈《かいわい》で大人気になり、聖地巡礼スポットとして多くの観光客が港町アクアスを訪れるようになるのだが……それは、また別のお話。

第10話　ガチャをしてみた

「「アリエス先生、さよ～なら～！」」

「ええ、さようなら。ちゃんと今日の授業の復習をするのよ」

「「は～い！」」

港町アクアスの外れ――海辺の丘にある水竜神殿にて。

アリエスは読み書きを教えていた子供たちを見送ったあと、潮風を胸いっぱいに吸いこみながら、

「んぅ～～っ」と伸びをした。

こんなに爽やかな気持ちになるのは、いつ以来だろうか。

（ふぅ……あんな子供たちの笑顔が、また見られるとはね。ローナちゃんには本当に感謝しないと）

アリエスはいつもの日課で、海へと祈りを捧げる。

彼女が生まれ育ったこの神殿からは、港町アクアスを一望することができた。

アリエスは、この町の景色が好きだった。

だからこそ、〝水曜日〟のせいで町が寂れていくのを見るのは、歯がゆくて。なにかをしたくて。

アリエスは、前任者が逃げた〝貧乏くじ〟の冒険者ギルドマスターに自ら立候補し、神官の仕事とかけ持ちで、毎晩遅くまで仕事をした。

毎日毎日、涙をこらえて、歯を食いしばって、神に祈りを捧げてきた。

しかし、どれだけ頑張っても状況は悪くなるばかりで……。

正直――もう、あきらめかけていた。

しかし、そんなときだった。

ローナ・ハーミットという少女が現れたのは。

最初はどこにでもいそうな少女だと思ったが……その予想はすぐに裏切られた。

彼女はいきなりエレクの雷湿原のレア素材をぽんぽん出したかと思えば、この町の恐怖の象徴であるエリアボスを一撃で葬り去り、伝説のエルフの秘薬を200本も無償で提供し、一瞬で海岸に巨大な城壁を作り上げ――最終的には、あまりにも常識外れな方法で、この町を救ってみせた。

ローナは自分がたいしたことをしていないと思っているようだが……とんでもない。

このどれかひとつだけを取っても、歴史に名が残るような偉業だ。

（本当にどこから来たのかしらね、ローナちゃんは……？　常識がないわりに、やたらと知識が豊富だったりするし。『スキルで神々の言葉を聞ける』って言ってたけど、本当は天界育ちの天使様だったりして……）

と、考えていたところで。

突然、アリエスの目の前に、ぱぁああ……っ！　と光の柱が立ちのぼった。

「………へ？」

光はみるみるうちに人の形をなし、そして——。

「——へぇ、アクアスの転移先はここなんだね。って……あっ、アリエスさん！　こんにちは！」

「…………………」

——ローナ・ハーミットが降臨した。

噂をすればなんとやら、というやつだろうか。

なぜか、ローナは麦わら帽子とセーラー服という格好で、釣り竿《ざお》を肩にかついでおり……。

そして、背中からは——光の翼を生やしていた。

（えっ……ガチで天使……？）

アリエスが思わず、ぽかんとしていたところで。

「では、私は釣り大会の最中なので、これで！」

「え、ええ……？」

それだけ言って、ローナはぱたぱたと飛び去っていく。

（な、なんだったのかしら？　なんか普通に翼を生やして降臨してきたんだけど……）

とりあえず、今日も今日とて、ローナはわけのわからないことをしているらしい。

（うん、なんにせよ……わたしのローナちゃんが今日もかわいいわ）

アリエスは考えることをやめた。

そうして、ふたたび祈りを再開したところで。

ぱぁあああ……っ！　と、ふたたび目の前に光が集まり――。

「こんにちは！」

「え？　あ、うん……？」

「では！」

ふたたびローナが現れたかと思うと、ぱたぱたと去っていく。

（……な、なんなのかしら？）

さすがに戸惑いながら、アリエスがふたたび祈りを再開し――。

「こんにちは！」

「…………あの、なにをしているのかしら？」

さすがに気になって尋ねることにした。

「たしか釣り大会と言ってたけど……なんで、この神殿に来るの？」

「え？　ああ、これは〝魚影リセマラ〟です！」

「…………なんて？」

「えっと、釣りをする時間と場所と魚影の対応表を見ると釣らなくてもなにが釣れるかが判断できるんですが、転移すると魚影がリセットされるので、狙った魚影が出るまでマラソンするように転移をし続ければ、レア魚を狙って釣ることができるんです！」

（……ダメだ……なにを言っているのかわからない）

そうしてアリエスが混乱している間に、ローナはふたたび去っていく。

（…………き、気になる）

もはや、祈りに集中できる状態ではなかった。

アリエスはローナのあとを追いかけ――。

そして、釣り大会をしている海岸で、その姿を発見した。

「うぉおおお――ッ！　ローナ様がまた大物を釣り上げたぞぉお！」

「今度は幻の魚ミュウナギに、色違いのタイキングだ！」

「ローナ選手！　2位を10倍以上突き放し、歴代最高点でぶっちぎりの1位だぁあっ!!　若き天才が今、釣り大会の歴史を塗り替えました――ッ!!」

なぜか口笛を吹きながら釣り場をぱたぱたと飛び回り、釣り糸を垂らすたびに大物ばかりを釣り上げていくローナ。そのいろいろすごい光景が話題を呼び、いつしか町の人たちがこぞってローナを見物しに来ていた。

（な、なんか、またすごいことしてる……）

本当に、どこまでも自由に生きている少女だ。

なんだかローナを見ていると、肩から力が抜けていくような感覚があった。

（わたしも、ローナちゃんみたいに……もっと自分に正直に、もっと自由に生きてもいいのかしらね）

ここ最近はずっと仕事づめで、『町のために』と自分を殺して生きてきた。

だけど、今はもう違う。

水曜日クエストの重責からも解放され、時間もたくさんできた。

今後はもっと、自分のために生きてもいいのかもしれない。

だから――。

「ふっ……」

と、アリエスは微笑むと。

どこからともなく古代遺物《アーティファクト》のカメラをすちゃっと取り出し、その場でブリッジの姿勢になり――。

「はぁ……はぁ……いいよぉ、ローナちゃ……かわいいよぉっ！　たまらん……くぅ……さらに
……もう……すごすぎ……どうして……好き……はーっ！　すばらし……うつくし……！　えっ、

ちょ――なにっ!? なにをするの!? やめなさい! わたしは怪しい者じゃないわ! わたしは――冒険者ギルドマスターのアリエス・ティア・ブルームーンよ!!」

そんなこんなで、不審者1名が衛兵に連行されたものの。

釣り大会はつつがなく終了したのだった。

◇

■ミニゲーム/【釣《つ》り大会《たいかい》】

【開催場所】【港町アクアス】

【開催時期】土曜日・日曜日6:00~18:00

【参加条件】釣り竿の所持

【クリア報酬】【召喚チケット】【すんごい釣り竿】【しもふりエサ】、など。

◇説明:【港町アクアス】で参加できるミニゲーム。

無課金プレイヤーにとっては貴重な【召喚チケット】が手に入るチャンス。【魚影リセマラ】をすれば優勝は難しくないため、積極的に参加していきたい。

(ふぅ、楽しかった~! 釣り大会って、すごく盛り上がるんだなぁ。優勝賞品目当てで参加したけど……おいしいレア魚もたくさん釣れたし、いいイベントだったね。まあ、なんか不審者が出たって話も聞いたけど……）

釣り大会が終わったあと。

ローナは『釣りキング』のタスキをつけながら、ほくほく顔をしていた。

（ふふふ、それじゃあ……お待ちかねの報酬確認タイムだね）

ローナは先ほど表彰台でもらった優勝賞品を、砂浜に並べていく。

優勝賞品はインターネットに書いてある通り、高級釣り竿〝すんごい釣り竿〟と、高級釣りエサ〝しもふりエサ〟を1年分。

そして、一番の目玉は――〝召喚チケット〟2枚だ。

『――そのチケットかい？　使い方はわからないけど、貴重な古代遺物《アーティファクト》みたいだから初優勝者には記念に配ってるんだよ』

と、賞品をわたしてくれた釣り大好きクラブの会長が言っていたが。

これはインターネットによると、召喚獣をランダムで手に入れることができる古代遺物《アーティファクト》らしい。

■システム／【召喚《しょうかん》】

いわゆるガチャ。

ソロプレイ時に一緒につれて行ける召喚獣の【召喚石】をランダムに呼び出すことができる。

【召喚石】のレア度は、N→NR→R→SR→SSR→URの順で高くなる。
リリース初期の頃は、『戦闘のサポートをしてくれるペットモンスター』という扱いだったが、現環境では……。

（召喚獣かぁ……あんま強くなくていいから、〝ふかきモン〟みたいなかわいいのが手に入るとうれしいなぁ）

やっぱり、かわいい召喚獣がいれば、旅の孤独も癒やされるだろうし。

この召喚チケットの存在を知る前は、【テイムの心得】を習得してみようかと考えていたぐらいだ。

「えっと召喚するには、チケットを天に掲げて――〝2回ガチャる〟!!」

と、インターネットに書いてある通りの〝呪文〟を唱えてみると。

それに呼応するように、召喚チケットの1枚が金色に光り輝きだし――。

「うわっ!?」

ばしゅ――ッ！　と

召喚チケットが天へとのぼり、雲を突き破った。

天空に巨大な魔法陣が投影され、神聖な光の柱が地上へと降りそそぐ。

「な、なんだ!?」

「空に魔法陣が……ッ!?」

「せ、世界の終わりだああ――っ!!」

町中の人たちが、なんだなんだと騒ぎながら空を見上げだす。

(な、なんか、すごいことになっちゃった……)

まるで、神話の一場面のような光景。

これを、神々の言葉で――〝ガチャ演出〟と呼ぶらしい。

しばらくすると、水晶のかけらのようなものが、空から地上へと下りてくる。

やがて、その水晶のかけらは、ぱりんっと光となって砕け散り――。

ローナがふたたび目を開けたとき、彼女の目の前にはひとつの人影が立っていた。


「――ルルを喚《よ》んだのは、おまえか?」


それは、ひとりの少女だった。

いや、本当に〝少女〟と呼んでもいいものなのだろうか。

まるで神々によって美しくデザインされたような、圧倒的な存在感の少女だった。

流れる水のような、するりと透き通った銀色の髪。

幼い肢体を包みこむ、神聖な純白の衣。

黄金比を体現したかのような、かわいらしくも美しい顔。

腰から伸びた水竜を思わせる翼を広げ、少女はふわりと地上に降り立ち――。

「――我が名は、ルル・ル・リエー。水竜族の姫にして、いずれこの海を統べる者。喜べ、おまえを我が〝げぼく〟にしてやる」


『召喚石：【水竜姫ルル・ル・リエー】（SR）を獲得しました！』


少女の言葉とともに、そんなメッセージが視界に表示された。

（えっ……人？　なんで、人が召喚されて……？　しかも、水竜族の姫？　えっ、どういうこと……？　って、あ――っ！）

と、状況についていけず混乱するローナを置き去りにするように、もう1枚の召喚チケットが輝きだした。

それから、先ほどの焼き直しのように、ばしゅ――ッ！　と。

召喚チケットが天へとのぼり、雲を突き破る。

そして、目の前に現れた水晶のかけらが砕け散り――ひとつの人影が現れた。

「――ルルを喚んだのは、おまえか？」

それは——ひとりの少女だった。

まるで神々によって美しくデザインされたような、圧倒的な存在感の少女。

流れる水のような、するりと透き通った銀色の髪。

幼い肢体を包みこむ、神聖な純白の衣。

黄金比を体現したかのような、かわいらしくも美しい顔。

腰から伸びた水竜を思わせる翼を広げ、少女はふわりと地上に降り立ち——。

「——我が名は、ルル・ル・リエー。水竜族の姫にして、いずれこの海を統べる者。喜べ、おまえを我が〝げぼく〟にしてや——えっ？」

「えっ？」


「「…………えっ？」」

召喚された少女×2が、ぽかんとしたように顔を見合わせる。
双子みたいな——いや、それ以上に寸分違わず同じ見た目をした少女たち。
そして——。

『召喚石：【水竜姫ルル・ル・リエー】（SR）を獲得しました！』

ローナの視界に、先ほどとまったく同じメッセージが表示された。
（あ、あれ？　まったく同じ人が、２人……？　え、どういうこと……？）
混乱するローナの頭に——そこでふと、ひとつの言葉がよぎる。
それは、たまたま先ほどインターネットで見かけた言葉だった。
自分とは無縁の言葉だと思っていたが——間違いない。
（あれ、もしかして…………ダブった？）

第11話　余罪を増やしてみた

「「――だ、誰だ!?　ルルの偽者め!!」」

「ああっ、自分同士で争わないでください……っ!」

ローナの前で、先ほど召喚したルルという少女たちが、ほっぺたをつねり合っていた。

「「ルルが本物だぞ!」」

「「ルルのマネするな!」」

「「ルルが本物だもん!!　嘘じゃないもん!!」」

「「るぅぅ～～っ!　なんだ、この生意気なやつは!」」

まるで〝こぴぺ〟しているかのように、まったく見分けがつかない少女たち。

だいぶパニックになっているのか、もはや召喚されたときの神秘性は行方不明になっていた。

(な、なんか……ややこしいことになった……)

ローナは疲労感から、思わず頭を抱える。

(いや、〝ダブる〟って言葉は知ってたけど……なんで同じ人が2人になるの?　そうはならないでしょ……）

とはいえ、なってしまったものは仕方がない。

ちなみに、あれからインターネットで調べたところ、『召喚システムは〝運営〟という神々の敵によって確率操作され、同じ人物が出やすい宿命になっている』とのことだった。

それと、最近はその〝運営〟の手によって、『美男美女（とくに美少女）ばかりが世界のどこかからつれて来られる』『神や天使なども無理やり使役させることができる』という闇の多いシステムになっているんだとか。

（…………〝がちゃ〟って怖い）

と、ローナがまたひとつ、この世の真理を知ったところで――。

「「おいっ、げぼく!!」」

「え、私ですか？」

いきなり、ルル×2に声をかけられた。

「「このルルの偽者をなんとかしろ！」」

「そ、そんなこと言われましても……」

ローナには当然、どうすることもできないが。

とはいえ、ルルを2人にしてしまったのは、ローナの責任であり……。

（こ、こういうときは、とりあえず――インターネット！）

いつも、なんでも教えてくれたインターネットのことだ。

今回もなにか打開策が書いてあるかもしれない。

そんなわずかな希望を抱いて調べてみること、しばし。

「えっと、ダブった場合は……『どちらか強いほうに吸収《たべ》させるか、売却してお金に換えると数を減らせます』……」


「「……………げ、外道……」」


「え？　あっ、いや、違います！　今のは私の考えとかじゃなくて！」

「「…………う、売らないでっ」」

「売りませんよ!?」

ローナが慌てて弁明するも、ルル×2ががくがくと身を寄せ合って震えだした。

「そ、そもそも……ここはどこだ……？」

「どうして、ルルはここにいる……？」

「たしか、城にいたはずなのに……」

「いきなり光に包まれて、気づいたらここにいて……」

「なぜか、ルルが2人になってて……」

「「…………こ、怖い……っ」」

「ほ、本当に申し訳ない……」

なんだか、いきなり少女を拉致して使役したうえに、複製体を作り出した感じになってしまった。

（と、とりあえず、人道的な方法でひとりに戻すことは無理そうだし……まずはルルちゃんたちをちゃんと家に帰すことを考えよう。えっと、この子たちの家の場所は……インターネットでわかるかな？）

と、ルルについての情報をインターネットで検索してみる。

■召喚獣／【水竜姫《すいりゅうひめ》ルル・ル・リエー】

【レア度】ＳＲ　【評価】Ａ

【属性】水　【種族】水竜族　【武器】爪・槍

◇固有スキル：【水竜転身】（Ａ）

【効果】一時的に水竜形態になり、全能力大幅ＵＰ。

◇説明：【海底王国アトラン】に住んでいる【水竜族】の姫。

レア度は低いものの、水中で力を発揮してくれる数少ない人型の【召喚獣】。水竜形態のときに

広範囲の地形を【水たまり】に変えるスキルも使えるため、雷構成との相性もいい。
かつては人権キャラと呼ばれたが、やっぱりインフレの波には勝てなかった。

（なるほど……『海底王国アトランに住んでいる水竜族の姫』かぁ。たしかに、翼とか尻尾とか水竜っぽいかも？　ということは、お城が家なのかなぁ…………って）
ローナの顔から、さぁっと血の気が引く。
そういえば、先ほども自己紹介のときに『水竜族の姫』だと言っていた気もするが。

（あれ、これって普通に……国際問題なのでは……？）

ローナはこれまでに自分がしてきたことを思い返してみた。

①他国の姫を拉致して使役する。
②他国の姫の複製体を作る。
③他国の姫に「共食いしろ」「売って金にする」発言（↑ＮＥＷ！）

（あぁぁっ、やばいやばいやばい……ど、どうしようぅ!?　いや、召喚チケットから人が出てくるとは思わなかったし……どこかから人を拉致してくるとは思わなかったしぃ……っ！）

最初にインターネットで調べたときは、『召喚獣＝ペットモンスターみたいなもの』って書いてあったから、普通に犬や猫や〝ふかきモン〟みたいなものが出てくるとばかり思っていた。

（こ、このままでは……種族間戦争がっ!?　と、とにかく……なんとか平和的に、ルルちゃんたちを国まで帰さないと！）

幸いにも、ルルたちの故郷である〝海底王国アトラン〟は、この町からけっこう近いようだ。

まだ、誘拐――もとい召喚からは時間もさほど経っていないし、今すぐ国に帰せばたいした問題にもならないだろう。

「と、とりあえず、ルルちゃんたちはちゃんと家に帰しますから！　安心してください！」

「……本当か？」

「誘拐しておいて信用できない」

「ご、ごもっとも……」

とにかく、まずはルルたちとの信頼関係を作らないとダメそうだ。

（こうなったら、やることはひとつだね……）

というわけで――。

「――るぉおおおおっ!?」

やって来ました、港町アクアスの魚市場。

宝石箱みたいな色とりどりの魚がきらめき、あちこちの屋台からおいしそうな煙が上がっている。

それはまさに、めくるめくシーフード世界。

「「こ、ここにあるもの……なんでも食べていいのか!?」」

「はい！　おかわりもいいですよ！」

「「…………っ！」」

そう、ローナがやろうとしていることは――。

――接待である。

これは最近、アリエスから教えてもらった言葉だ。

なんでも、接待とは相手を気持ちよくして信頼関係を構築するためのものらしく、アリエスレベルになると『海にもぐっておエラいさんの釣り針に生きた魚をつける』ということまでするのだとか。

さすがに、そこまではできないが、食事を通して仲良くなるのは悪くない作戦だろう。

実際にルル×2には効果が抜群だったようで、よだれを垂らし、くきゅるるるぅ……とお腹を鳴らしていた。

「「ら、楽園は地上《ここ》にあったのか……」」

「あっ、この〝ダゴンかにせん〟とかおすすめですよ！」

「ふ、ふん……ルルは誇り高き水竜族の姫だぞ……？」

「どうせ人間のエサなど、ルルの口に合わないだろうがな！」

その数分後――。


「――るふぅぅう～っ♡　びゃあぁぁ、うまひぃぃいいぃッ♡」


とろけたような顔をしているルル×2の姿があった。

「え、えっと、お口には合いましたか？」

「ま、まあ、人間のエサにしてはなかなかやるようだな」

「る？　おい、偽者。それはルルの魚なんだが？」

「る？　ルルのほうが先にキープしてたんだが？」

「知らないし！　ルルのだし！」

「ルルのだし！」


「――ルルのだもん!!」

「ああっ、自分同士で争わないでください！　もう1個買いますから！」

この2人は好みも行動もまったく同じであるせいで、いちいちぶつかり合ってしまうらしい。

ある意味で、同族嫌悪の究極形みたいなものなのだろう。

それからも接待は続き、ルル×2は目をキラキラさせながら、ぱくぱくと手づかみで食べ物を頬張っていった。

さすがに出費が痛くなってきたが……。

(でも、とりあえず大人しくなってくれたね。この様子なら、国際問題も回避でき――)

「「……あちゅっ!?」」

と、そこで。

焼きまんじゅうに思いっきりかぶりついたルル×2が、同時にじわりと目に涙をためた。


「「――おのれ、人間めぇぇ……ッ!!」」


「あああっ！　ふーふーしてから食べてください！」

どうやら、海底では熱いものを食べる文化がないらしく、2人とも猫舌らしい。

「る……？　これは……？」

と、ルル×2が次に目をつけたのは、とある屋台だった。

「え？　あっ、それはダメです！」

ローナの制止の声も聞かず、ルル×2が〝それ〟に飛びつき――。

「な、なんだ、この子たち!?　おいっ、やめろ！」

「～～ッ!?　るふぅうう～っ！　すーぱーうまし！」

「栄養価も高い！　最高のエサだ！　ルルには、このエサがもっといる!!」

「げぼく！　これは、なんという料理だ!?」

「え？　あ、あの……」

「『なんだ？　はっきりと言うがよい！』」

「えっと、それ…………釣りエサなんですが」

「『……つりぇーさ？』」

釣具の屋台の前で――。

釣り用の練りエサをもちゃもちゃ食しながら、ルル×2がきょとんと首をかしげる。

「ほぅ……〝つりぇーさ〟というのか」

「なんという、芳醇《ほうじゅん》な海の香り……大いなる波の旋律のごとき深き味わい……とろりと溶ける口当たり……」

「『――これぞ、水竜族の姫にふさわしい地上の美味である!!』」

「そ、そうですか。よかったです……」

ルル×2が夢中になって釣りエサを頑張っていく。

もしも海にこのエサをまいたら、すぐに食いついてきそうな勢いだった。

（……魚かな？）

店主にお金を払いながら、ひそかにそんな感想を抱くローナであった。

と、そこで。

「あら、ローナちゃん？　なにをしているの？」

「あっ、アリエスさん」

たまたま道を通りがかったアリエスが、ローナのもとへ歩み寄ってきた。

なぜか『わたしは少女を隠し撮りしました』と書かれた紙を首からさげているが、それは触れないほうがいいのだろう。

「ん、その子たち……は……？」

アリエスがルル×2を見るなり、ぴしりと固まる。

「あっ、この子たちは、２人ともルルちゃんっていいます」

「か……か……」

「アリエスさん？」

「んきゃわいい～～っ!!」

「るっ!?」

アリエスにいきなり抱きしめられそうになり、ルルたちがびくっとローナの後ろに隠れる。

「こ、この人間、目がやばい……っ!」

「よ、寄るな、人間! ルルを食べる気か!?」

「……が、がぉーっ!」

誇り高き水竜族の姫、人間にめちゃくちゃビビっていた。

「はぁ……はぁ……2人は、ルルちゃんって、言うんだネ♡♪ 名前も、カワイイネ♡（笑） ルルちゃんたちと出会えて、とてもうれしいヨ♡☆ ところで、お姉サンは今日休みなんだケド、これから、みんなでデートでも、どうカナ!?（汗） ナンチャッテ☆（笑）」

「アリエスさん! 内なるおじさんしまってください! 国際問題になります!」

「は――っ!? ルルちゃんたちがかわいすぎて、つい! ……って、国際問題?」

「に、人間とは、なんと恐ろしい生き物か……っ!」

「やはり、人間は滅ぶべき……」

「あ、安心してください、ルルちゃん! 私たちは敵じゃありませんから! そうだ、同じ海の仲間だし……ほ、ほ～ら、〝ふかきモン〟の絵ですよ!」

「な、なんだ、そのおぞましい化け物!? うるるるぅぅ～ッ!!」

「ローナちゃん……敵対行動とみなされてるわよ、それ？」

「な、なんで!?」


それから、なんとか釣りエサでルル×2をなだめたあと。

彼女たちを横目に見ながら、アリエスがそっと耳打ちしてきた。

「それで、ローナちゃん……この子たちはなんなの？　ただのお友達……ってわけじゃないわよね？　尻尾や翼が生えてるし、まったく同じ見た目をしてるし」

「え、えっと、この子たちは……」

ローナは思わず口ごもる。

下手に話せば、自分の起こした問題にアリエスを巻きこんでしまうかもしれない。

そんな考えが、ローナの頭をよぎったためだ。

しかし――。

「もしかして……なにか、困っているのかしら？」

と、アリエスがローナの心中を見透かしたように言ってきた。

「ごめんなさい。詮索するつもりはないの。だけどね、ローナちゃん……困ったときは、自分ひとりで全てを抱えこまなくてもいいのよ？」

「え？」

「たしかに、ローナちゃんには、なんでもできるだけの力があるわ。でも、だからといって、なんでもひとりで解決しないといけないわけじゃないのよ。もしも困って、どうしたらいいのかわからなくなったときは……遠慮せずに、わたしたち大人に頼ればいいわ。ちょうどローナちゃんには、返しきれないほどの恩があるしね」

「アリエスさん……」

全てを包みこむ聖女のようなアリエスの微笑みを見て――。

(……この人なら頼れるかもしれない)

と、ローナは思った。

なぜか、『わたしは少女を隠し撮りしました』と書かれた紙を首からさげているけれど……関係ない。

ローナはやがて、懺悔《ざんげ》をするように口を開いた。

「……聞いて、くれますか？」

「ええ、もちろんよ。それで、なにがあったの？」

「それが……海底王国アトランに住んでいる水竜族の姫を、無断で召喚してしまいまして」

「うんうん……うん？」

「あと、水竜族の姫を2人に増やしたり、売って金にするって言っちゃったり、釣りエサを食べさせちゃったりして……このままじゃ、深刻な国際問題になって、種族間戦争にまで発展しそうで

「……」

「…………………………」

「ど、どうしましょう、アリエスさん！」

「……落ち着いて、ローナちゃん。大丈夫よ」

アリエスが優しげな微笑みのまま――すっ、と。

どこからともなく、酒瓶を取り出した。

「こういうときは、慌てず騒がず……お酒を飲んで、全部ぱぁっと忘れましょう！」

「アリエスさん!?」

「あはっ……あははっ！　昼間から飲むお酒おいしいいいいいっ！　あはははははっ!!」

「アリエスさん……」

お酒を飲んでヤケクソになるダメな大人がそこにいた。

「ぐすん……ごめん……ごめんねぇ、ローナちゃん。わたし、今度こそローナちゃんの役に立てると思ってぇ……舞い上がっちゃってぇ……ふぇぇぇえん……」

（面倒事が増えたなぁ……）

結局、ローナが抱えこむ問題が＋1されただけだった。

「って、あれ？　ルルちゃんがいないっ!?」

やけに静かだと思ったら、いつの間にかルル×2の姿が消えていた。

慌てて辺りをさがすと――すぐにルル×2は見つかった。

「おい……貴様ら、なにを見ている？」

「まさか、ルルの〝つりぇーさ〟を奪う気か？」

「くく……いいだろう、ならば3秒だ」

「3秒で――貴様らを返り血まみれにしてくれる！」

「「にゃぁあああおッ!!」」

「…………………」

なぜか、ルル×2は猫たちと睨《にら》み合っていた。

「あ、あの、ルルちゃん？　なにをして……」

「「――ギャフベロバギャベバブジョババッ!!」」

「ルルちゃん!?」

「い、痛いっ……や、やめっ……」

「…………けて……たす、けて……」

「ルルちゃん!?」

誇り高き水竜族の姫、猫とガチの喧嘩《けんか》をして負けていた。

ローナは慌てて猫を引き剝がし、ルル×2にプチヒールをかける。

「これが、人間の使い魔……なんて、凶悪な」

「……ち、地上……恐ろしい場所だ」

(ただのかわいい動物なんだけどなぁ……)

しかし、ルル×2は魚っぽいオーラでも発しているのか、今もやたら猫にたかられていた。

ルル×2にとって、猫は天敵なのかもしれない。

(というか、この子たち………弱い?)

さすがに、猫に負けるのはどうなんだろうと思っていると。

「るぅ……なぜか、力が入らない……」

「お、おかしい……地上だからか……?」

ルルたちもまた、首をかしげていた。

なにやら嫌な予感がして、ローナがインターネットで調べてみると。

(えっと……『召喚したキャラクターはレベル1スタートです』か。ということは、もしかして
……召喚されたことでレベル1になっちゃったってこと?)

つまり、どういうことかというと。

①他国の姫を拉致して使役する。
②他国の姫の複製体を作る。
③他国の姫に「共食いしろ」「売って金にする」発言。
④他国の姫に釣りエサを食べさせる（↑NEW！）
⑤他国の姫のレベルを1に下げる（↑NEW！）

（わ、私の余罪がとどまるところを知らない……）

思わず、頭を抱えるローナであった。

◇

そんな一幕のあとも、ローナはルル×2の面倒を見続けた。

ルル×2は元気に走り回り、あちこちで騒ぎを起こし続け――。

「るー♪　ルルは満足である」

（つ…………疲れた……）

やがて、ルルたちがご満悦そうにぽんぽんとお腹をさする頃には、ローナは心なしかげっそりしていた。

途中から、釣り大会の賞品である〝すんごい釣り竿〟を出すと、ルルたちがぴょんぴょんっと寄ってくることがわかったおかげで、少しは対処が楽になりはしたが……。

なにはともあれ、それだけ苦労したかいはあったらしい。

「げぼくはいいやつだ！　気に入ったぞ！」

「特別に、信頼してやってもいい！」


「「げぼくー♪」」


（……す、すごく懐かれた）

誇り高き水竜族の姫、めちゃくちゃチョロかった。

どうやら、釣りエサをあげたり猫から助けたりしたことで好感度が急上昇したらしい。

（釣り大会で、釣りエサ1年分もらっといてよかったな……）

と、ローナは一気に寂しくなった財布事情を思いながら、力なく笑う。

「と、とりあえず、満足していただけたようですし、そろそろ海底王国アトランに帰りましょうか」

「るっ、そうだな。地上のこともよく知ることができた」

「だが、アトランまでの道はわかるのか？」

「ああ、それなら大丈——」

と、ローナが言いかけたところで。


「——どうやら、わたしの出番のようね」


「え？」

そう言って歩み寄ってきたのは、アリエスだった。

酔いが抜けたのか、先ほどとは違って真面目な表情をしていたが……その首からはまだ『わたしは少女を隠し撮りしました』という紙がさげられていた。

「えっと、アリエスさん？　もしかして、なにか知ってるんですか？」

「ええ、さっきローナちゃんから話を聞いたあと、神殿の書庫を調べていたの。海底王国アトランへの具体的な場所まではわからなかったけど、この町には数多くの〝水竜伝説〟が残っていてね。とくにうちの神殿は昔からあるし、海底王国アトランは聖地みたいなものだから、ヒントのようなものは見つけることができたわ」

そう言って、アリエスは抱えていた石板を見せてくる。

「古の巫女《みこ》マリリーンが残した石板には、こんなことが記されているの。『満月の夜、星が正しく配列されしとき、水竜の旋律と唄がアトランへの道を切り開くであろう』と……このうち、〝水竜の旋律〟は水竜神殿の地下祭壇にまつられている竪琴《たてごと》のことでしょうね。それで、こっちの〝水竜の唄〟については、すでに失伝しているようだけど……町の西にある〝水月の大灯台〟というダンジョンで、古代ゴーレムの灯台守から聞けるかもしれないわ」

「……そ、そうなんですね」

「ふふっ、今までローナちゃんにはお世話になりっぱなしだったからね。この水竜の巫女アリエス・ティア・ブルームーンの名にかけて、必ずや海底王国アトランの場所を解明すると誓うわっ!!」

「…………アリエスさん」

今さら『インターネットで海底王国アトランまでの地図は見れますよ?』とは言いにくいなぁ、と思うローナであった（※このあと、めちゃくちゃ言った）。

第12話　海底を歩いてみた

「えっと、『月のマークが刻まれた岩』……あった！　海底王国アトランへは、ここから行けるみたいですね」

海底王国アトランへ行くことを決めたあと。

ローナたちはインターネットに書いてある地点へとやって来ていた。

しかし、目の前にあるのは海に面した崖……道などはどこにも見えないが、インターネットによると、この先に海底王国アトランまでつながる道があるらしい。

「……本当にここから行けるのか、げぼく？」

「ルルをだましてないか？　道なんてどこにもないぞ？」

「うーん……やっぱり、人間が海底王国アトランに行くには、特別なアイテムが必要なんじゃないかしら？　もし本当に道があったとしても、生身で海底に行けるとは思えないし……」

と、疑いの声がルル×2とアリエスから上がるが。

「あっ、その辺りは大丈夫です」

ローナは確信を持って答える。

そう、インターネットに書いてあることに、今まで嘘はなかったのだ。

だから、今回も信じるだけである。

というわけで――。

「あっ、危険なので3人とも離れていてくださいね」

「え、ローナちゃん?」

ローナはそう言うが早いか。

アイテムボックスから取り出した爆弾を、ぽいっと足元に置き――。

「ろ、ローナちゃん……なにを?　ローナちゃ……ローナちゃんんんん――ッ!?」

ずがぁあああああんッ!!　と、大爆発するローナ。

「げぼくぅううっ!?」

そのまま、ぴゅーんっと海に吹き飛ばされたローナは、海面へと叩きつけられ……ることはなく、
すかっと海面をすり抜け――。


――――ごッ!!　と。

海底に頭を打ちつけた。

「うぅ、痛――くはないけど、けっこう怖いね……とりあえず、成功したのかな？」

海に入ったはずなのに、普通に呼吸もできるし、普通にしゃべることもできるし、濡《ぬ》れている感覚もない。

もしかして、海とは別方向に飛ばされたかとも思ったが。

ローナが起き上がって、辺りを見回すと――。

「お、おぉ……っ!?　す、すごい、本当に海の中にいるっ！」

ローナの視界に飛びこんできたのは、幻想的な海底の景色だった。

海面からゆらゆらと降りそそぐやわらかな光。

ちらちらと鱗《うろこ》を光らせる魚の群れ。そして、色とりどりのサンゴの並木の合間には、青い光でできた道がどこまでものびている。

「よし、成功……したっぽいね！」

ローナが海底でほっと息を吐きながら、手元のインターネット画面を改めて確認した。

■マップ／【海蛍《うみほたる》の散歩道《さんぽみち》】
地上と【海底王国アトラン】をつなぐ海底の道。

かつては、生贄《いけにえ》に捧げられた巫女がこの道を通ったとされる。

数多くのお使いクエストをこなして、【水竜の竪琴】と【水竜の唄】を入手することで、海が割

れて通れるようになるが……。

海を割らずとも、『爆弾などで後ろ向きに大きく吹き飛ばされる』という状態でこの道に入ると、水面の当たり判定がなくなり、そのまま水中歩行できるというバグがある。

運営いわく、「それは仕様です」。

なんか、今回もいろいろショートカットしてしまった気もするが、ともかく——。

「うん、インターネットに書いてある通り♪」

ローナは試しにその場で体を動かしてみるが、水の抵抗などもまったく感じなかった。あきらかに水中なのに、地上と同じように歩くこともジャンプすることもできる。

（……う、うん。インターネット通りだけど……どういう原理なんだろう、これ？）

一応、地上と同じように行動できる範囲は、『この光っている道の中だけ』という条件があるらしいし……この道自体になにか特別な魔法がかけられているのだろうか。

と、水中でいろいろ検証していたところで。

「——げぼくっ！　無事かっ！」

ルル×2が慌てたように泳いできた。

どうやら、ローナを心配して追いかけてきたらしい。

「あ、ルルちゃん！　こっちです！」

と、ローナが元気よく手を振ってみせると、ルル×2はぽかんとした顔をする。

「え……平気なのか？」

「はい。なんか水中でも普通に呼吸もできるみたいです」

「……げぼくって、本当に人間なのか？」

「人間ですよ!?」

と、変な目で見られてしまったが。

そんなこんなで、水中歩行の検証も済んだところで。

いったんローナだけ陸に上がって、アリエスに無事を伝えることにした。

「よかった、ローナちゃん！　無事だったのね！」

アリエスにぎゅっと抱きしめられる。ちょっと酒臭かった。

「それにしても……まさか、『爆弾で吹き飛ばされることで道が開かれる』なんて思わなかったわ。

もしかして、その爆音と悲鳴こそが〝水竜の旋律〟と〝水竜の唄〟ということ……？」

「そ、そうなんですかね？」

ローナは適当にはぐらかした。思いっきり抜け道を使ったとは言いづらかった。

ちなみに、その後――。

アリエスも一緒に海底王国アトランに行こうという話になったのだが。

「――アリエスさん、どうして休日に休んでるんですか!?　緊急の仕事が入ってますよ！」

「い、いやーっ！　1年ぶりの休日なの！　わたしも海底王国に行きたい行きたい～っ！」

「……海底王国はおとぎ話ですよ？　疲れてるんですか？」

「ほ、ほんとだもん！　ほんとに海底王国あるもん！　嘘じゃないもん！」

「はいはい。それじゃあ、お仕事に戻りましょうねー」

と、ギルド職員に首根っこをつかまれて、引きずられていった。

水曜日クエストが一段落したとはいえ、平常時でも忙しい身分らしい。

というわけで――。

（うん、また今度つれて行ってあげよう……）

と、ローナはひとりで海底に戻ったのだった。

「……る？　あの人間はどうした？」

「休日出勤だそうです」

「そっかー」

そんなこんなで、ルル×2とともに海底にある光の道を進んでいく。

インターネットによると、この道の先に海底王国アトランがあるとのこと。

海底の旅はおとぎ話のようで、ローナはカメラでパシャパシャと景色を撮影する。

「る～♪」

ルルたちも海の中を気持ちよさそうに泳いでいた。やっぱり、地上よりも海のほうが居心地がいいらしい。

「るっ！　この辺り、見たことあるぞ！」

「もうすぐ、ルルの国ある！　ルルが国の中、案内してやる！」

「えへへ、楽しみです――っと、この辺りかな？」

「「る……？」」

ローナはそこで、アイテムボックスから〝女王薔薇の冠〟と〝水鏡の盾アイギス〟を取り出して装備した。

「「どうした、げぼく？」」

「あっ、気をつけてください、そこにモンスター出ます」

「「るっ!?」」

ローナがそう言った直後。

前方から、複数の影が猛スピードで飛来してきた。

この〝海蛍の散歩道〟に出てくる水棲《すいせいけい》系モンスターたちだ。

「な、なんだ、こいつら……強そうだぞっ!?」

「はい、気をつけてください！　このモンスターたちのレベルは、みんな40超えです！」

「「るっ!?」」

ザコモンスターのように出てくるのに、エリアボスに匹敵しそうなほどのレベルだった。

さらに水中ということもあり、敵もあらゆる方向から高速で飛来してくる。

いつものように、まとめて魔法で殲滅《せんめつ》というのは難しいだろう。

「「げぼくげぼくげぼくぅぅう〜っ!!」」

「えっと、ルルちゃんたちは、私の後ろについていてくださいね。私がちゃんと守りますから」

「「ふ、ふんっ……仕方ない。げぼくに戦わせてやる！」」

「あ、はい。それと危なくなったら、さっきわたした釣りエサをまいてくださいね。あれは水棲系モンスターの注意をそらす効果があるそうなので……」

「「…………」」

「あれ、ルルちゃん？　なにか口元について……」

とか言っている間にも、モンスターたちは接近してくる。接敵までもう時間がない。

(とにかく、ルルちゃんに攻撃が当たらないようにしないと！)

レベル1のルルたちが攻撃を食らえば、ただかすっただけでも致命傷になりかねない。

とはいえ、ルルたちを巻きこまないための戦い方は考えてある。

「まずは――リフレクション！」

「ぎょぎょぎょっ!?」

ルル×2ごと包みこむように魔法反射結界を展開。

遠距離魔法を反射して、モンスターたちにお返しする。

さらに、〝女王薔薇の冠〟でローナに敵視《ヘイト》を集めてから、モンスターが接近してきたところで――。

「――女王の威厳！」

敵をまとめて装備スキルで魅了状態にした。

目をハートマークにしながら、攻撃をやめてローナに無防備に近づいてくるモンスターたち。

（なるほど……このスキルは初めて使ったけど、かなり便利なスキルだね）

〝女王薔薇の冠〟は『盾役装備』とインターネットに書いてあったが、その理由がわかった気がした。装備スキルで魅了できるのは『相手のほうがレベルが下の場合』という条件はあるものの……相手を1か所に引き寄せたうえで、まとめて攻撃能力を奪うことができるのは、乱戦ではかなり強力だ。

（水曜日クエストのときに、乱戦対策も考えておいたのが役に立ったね。あとは――まとめて攻撃するだけ！）

と、団子状に群がっているモンスターたちへ向けて、ローナは杖をかまえる。

「ルルちゃん！　今から魔法を撃つので、この結界から出ないでくださいね！」

「るっ！　おい、もっとつめろ、偽者！」

「る？　偽者のほうが場所取ってるんだが？」

「る？　ルルのほうが小さくまとまってるし！」

「『なにを一っ！』」

「ああぁっ、こんなときまで喧嘩しないでください！　結界の外に出たら危な――」

「ぎょぎょぎょッ！」

「あっ、ちょっと今話してるので――プチサンダー」

「――――ぎょ――――」


ばりばりばりばりばりばりぃぃィイイイ――ッ!!


と、海が凄まじい雷光にのみこまれた。

本来、水中では雷攻撃が広範囲化して、自分にまでダメージが及んでしまうが……【リフレクション】を使っていれば問題ない。それどころか、反射分も上乗せされて魔法の威力を2倍にすることができる。

この高威力にモンスターたちは、なすすべもなく蒸発していき――。


『イカイザーの群れを倒した！　EXP5101獲得！』『ジンベイダーの群れを倒した！　EXP4890獲得！』『ハンマーグリードの群れを倒した！　EXPを8096獲得！』『シェルモナイトの群れを倒した！　EXPを7110獲得！』『エメラルドタートルの群れを倒した！　EX

『LEVEL　UP！　Lv54→57』『SKILL　UP！【殺戮の心得Ⅳ】→【殺戮の心得Ⅴ】』『SKILL　UP！【フィッシュキラーⅠ】→【フィッシュキラーⅢ】』『SKILL　UP！【魔法の心得Ⅸ】→【魔法の心得Ⅹ】』『初級魔法の消費MPが半分になりました！』……。


そんな視界を埋め尽くすメッセージと、激しい雷光が収まったあと。

目の前に広がっていたのは、はるかかなたまでモンスターが1匹残らず駆逐された光景だった。

ローナはふぅっと息を吐くと、口をぽっかりと開けたまま黙っているルル×2へと向き直る。

「とにかく喧嘩はよくありません！　これからは自分同士、仲良くしていきましょう！　ね？」


「「…………………はい」」


(よかった！　わかってもらえた！)

そんな一幕がありつつも。

辺り一帯のモンスターを一気に倒すことができたので、残りの道中は快適だった。

「るぉおっ！　たくさん魔石が落ちてるぞ！」

「るっ！　でかい魔石も見つけたぞ！」

「わぁっ、本当に大きいですね！　でも、なんでこんなにモンスターがいたのかな……まあいっか！」

そんなこんなで、ルル×2にドロップアイテムを回収してもらいつつ、10分ほど歩いたところで――。

「あっ、お城が見えてきましたね！」

やがて、道の先に――純白の城が見えてきた。

その周囲に広がっているのは、泡のような透明な結界に覆われた白亜の町並みだ。

その光景は、間違いない。

――海底王国アトラン。

そこは地上の人間にとって、おとぎ話の国であり……。

水竜族であるルルたちの故郷だった。

第13話　海底王国に入ってみた

海底の道を進むこと、しばし——。

ローナたちはついに、海底王国アトランに到着した。

結界を抜けて町の中へ入ると、どうやら結界内には空気が満ちているようで、普通に呼吸をすることができた。

「「見るがよい、げぼく！　これがルルの国である！」」

「お、ぉおお……ここが、海底王国アトラン！　本当におとぎ話の世界みたいっ！」

思わず、感嘆の吐息を漏らすローナ。

その眼前に広がっているのは、海面からの揺らめく光に照らされた、幻想的な都市だった。

さぁぁぁ……っと滝のように上から降りそそぐ透明な水。

貝殻の家の煙突からぷくぷくと浮かび上がる、シャボン玉のような泡。

宙を泳ぎ回るクラゲや魚が町並みを彩り、そして——。

「うわぁあああぁッ!?　に、人間だぁああぁ――っ!?」

「この国はもう、おしまいだぁあぁッ!?」

「民間人を逃がせっ！　戦える者は、命を賭して足止めを――ッ!!」


ローナの姿を見て、パニックにおちいっている水竜族たちがいた。

ルルと同じような角と尻尾と翼を生やしている人たちだが、どうやら〝人間〟というものに対してトラウマでもあるらしく……。


「バカな!?　流水斬りが完全に入ったのに……なんて硬さだ!?」

「こ、これが人間……おとぎ話にあった通りの化け物だっ！」

「おのれ、人間めぇえ……っ！　平和に暮らしている我らに、なにをするつもりだ！」


(…………うん、いつものパターンだね)

なんか、いろいろ慣れてきたローナであった。

とりあえず、現実逃避もかねてインターネット画面に目を落とす。

■マップ／【海底王国《かいていおうこく》アトラン】

メインストーリー1部中盤で訪れる【水竜族】たちの海底王国。

1000年間、地上との交流がなかったため、地上ではおとぎ話として伝えられている。

城に封印されている【原初の水クリスタル・イヴ】を復活させるため、【水月の魔女マリリーン】が暗躍するが……。

名物は、【お刺身】【深海ゼリー】【サンゴ酒】。


（う、うーん……せっかく綺麗な町だし観光したかったけど、この様子じゃ無理そうかなぁ）

と、ローナがさっそく帰りたくなってきたところで。

ルル×2がローナをかばうように前に進み出た。

「「ま、待て！　げぼくはいい人間だ！」」

「ひ、姫様っ!?　戻っておられ――って、姫様が２人!?」

「ど、どういうことだ!?　まったく同じに見えるぞ!?」

「あ、ありえないだろっ！　常識的に考えて……っ！」

（……ご、ごもっとも）

戸惑うようにざわつく水竜族の人たち。

ルルの介入により、よりややこしい事態になってしまった。

「ど、どちらが本物の姫様なのですか……？」

「「ルルこそが本物のルルだ！」」

「ど、どっちで……？」

「「るぅぅ～っ！　マネをするな！　偽者め！」」

「「ルルこそが本物のルルだもん!!」」

見事にシンクロした動きで、ほっぺたをつねり合うルル×2。

頭がどうにかなりそうな光景だった。

この2人の見分けをつけることなど不可能であり……。

水竜族の人たちも、呆然としたように、その様子を眺める。

「はっ!?　まさか……この人間が姫様をさらって複製したのか!?」

（……その通りです）

「もしや、先ほど凄まじい雷で海を焼き払ったのも、この人間が!?」

（……その通りです）

「おのれ、人間めぇえええ……っ!!」

「な、なんて極悪非道な……っ！」

「やはり、人間とは戦争をするしかないのか……っ!?」

「姫様！　この人間に、なにもされませんでしたか!?」

「「るっ！　売られそうになったけど大丈夫だった！」」

「「「…………………………」」」


えっへんと、なぜか得意げに胸を張るルル×2。

一方、ルルの言葉に、水竜族たちはぴしりと凍りついたように固まり——。

それから、10分後。

「——姫様の誘拐および複製および人身売買容疑で、貴様を拘束する」

がしゃん——ッ!!　と。

ローナの眼前で、牢屋の鉄格子が重々しく閉ざされた。

（……うん、まあ……そうなるよね）

どこか遠い目をしながら、周囲を確認するローナ。

どうやら、ここは海底王国アトランの城の地下牢らしい。

とりあえず、魔法を封じる手錠がつけられているが、とくに持ち物を取られたりはしなかった。

それと、なぜか牢の中には謎の宝箱が置いてあった（鍵がかかっていた）。

（……なんか、警備とかもガバガバだけどいいのかな？　これじゃあ、脱獄できちゃいそうだけど）

そう疑問に思いつつ、インターネットでこの地下牢のマップを見てみると、なんか普通に脱獄経路が書いてあった。

（……うん、見なかったことにしよう）

ローナはそっとインターネット画面を閉じた。

一方、牢屋の前では、ルル×2が水竜族たちと言い争っていた。

「『げぼくはいい人間だ！　ルルのげぼくを返せ！』」

「る？　げぼくは、ルルのげぼくなんだが？」

「る？　ルルのげぼくだし！」

「『ルルのげぼくだもん！』」

「お、落ち着いてくだされ、姫様っ」

「おいっ、姫はルルだぞ！」

「る？　ルルが姫だし！」

「『なにをーっ！』」

「と、ともかく！　姫様は人間にだまされておられるのです！　人間はかつてこの国に災いをもたらした、恐ろしい生き物ですぞ！」

「どうして、人間なんて拾ってきたのですか！　ちゃんと元いた場所に返してきなされ！」

「『るぅぅ～っ！　ルルがちゃんとお世話するもん！　毎日ちゃんと、げぼくの水やりもするもん！』」

（……水やり）

とりあえず、水竜族の話を聞くかぎり、人間についてはいろいろと誤解があるらしい。

とはいえ、ローナの罪については反論できないが……。

「まったく……そうでなくても、今この国は食料も物資も不足しているのですぞ！　姫様2人分の食料に加えて、人間の食料なんて用意できませぬ！」

（……食料不足？）

そういえば、たしかに水竜族たちは痩せているように見えた。

ルルも召喚した直後から、お腹をすかせているようだったし。

「あっ、そうだ！　お腹がすいているようでしたら、これ食べますか？」

と、ローナはアイテムボックスから〝とあるもの〟を取り出した。

「ど、どこから食べ物を……っ」

「お、おいっ、奇妙な動きをするなっ！」

水竜族の看守たちが、びくっと警戒して槍をかまえるが。

「食べ物ならたくさん持ってるので、お騒がせしたお詫《わ》びもかねて、みなさんで召し上がってください！」

そうして、ローナの牢の中に、どんどん〝それ〟が積まれていく。〝それ〟から漂ってくる魅惑の香りに、水竜族たちのお腹も頼りなく鳴りだし――。

「な、なんか……いい匂いだな……」

「おい、だまされるな！　罠《わな》に決まってるだろ……っ！」

「残念だったな、人間ッ！　我ら誇り高き水竜族は、賄賂になんか屈しないぞ――ッ!!」

それから、10分後――。

「「「――う、うめぇえええええッ!?」」」

ローナの牢の前には、水竜族たちの行列ができていた。

「くっ、なんだこの抗《あらが》いがたさは……っ!?」

「こ、こんなもの食べたことないぞ!?」

「これが、人間の食べ物だと!?」

おそらく、ルル×2が真っ先に飛びついておいしそうに食べたことで、警戒よりも食欲が勝ったのだろう。

そして、一度〝それ〟を食べ始めてからは――止まらなかった。

「うめ……うめ……うめ……」

「くっ！　やめられない！　止まらないっ！」

「なんちゅうもんを食わせてくれたんだ……これに比べると、今まで食べてきた魚はカスやっ！」

「あっ、おかわりもいいですよ！」

「「……っ!?」」

夢中になって〝それ〟を食べている水竜族たち。

中には、味に感激して涙している者すらいる。

そんな様子に人間に怯えて隠れていた水竜族も「なんだなんだ？」と寄って来て、いつしかちょっとしたお祭り騒ぎになってしまい――。

（…………どうしよう、今さら釣りエサだとは言いにくい）

ローナはだらだらと冷や汗をかいていた。

釣り大会でもらった〝釣りエサ1年分〟がまだたくさん残っていたので、『もしかしたら気に入るかなー』ぐらいの軽い気持ちでわたしてみたのだが……。

なんか、思ったよりも入れ食い状態になってしまった。

（だ、大丈夫かな、これ？　あとで釣りエサの用途を知られたら、種族間戦争に発展したりしない……？）

なんだか、余罪をまたひとつ増やしてしまった気もする。

「「る～♪　〝つりぇーさ〟こそが至高の美味♪」」

「ほぅ、〝つりぇーさ〟と言うのですね、この料理は」

「あ、あの、他の魚料理もありますが……」

「「いいから、〝つりぇーさ〟だ!!」」

「あ、はい」

水竜族への賄賂として、釣りエサが大正解すぎた。

そんなこんなで、釣りエサはまたたく間に、水竜族の腹の中へと消えていき……。

ローナの手持ちの分は、すぐになくなってしまった。

「あっ、そうだ。これは、この釣――料理の錬金レシピです！　【錬金術の心得】を持っていれば作れるので、ぜひ！」

「良いのですか!?　このように貴重なものを！」

「お近づきの印です！　水竜族のみなさんとは仲良くしたいので！」

と、ローナがにこりと微笑むと。

「……まさか攻撃した我らに対して、ここまでご寛大に接してくださるとは」

「あなたは良き人間だと、我らは最初から気づいておりましたぞ」

「あの誰にも懐かない姫様が認めたのですからなぁ」

水竜族の人たちが、ふっと笑い合い――。

「「――ようこそ、げぼく殿！　海底王国アトランへ!!」」

「…………あの、ローナです」

そんなこんなで、一騒動あったものの。

ローナは水竜族たちから、めちゃくちゃ歓迎されることになったのだった。

◇

一方、ローナが地下牢にとらわれていた頃。

海底王国アトランの城――玉座の間にて。

「――か、海王《かいおう》エナリオス様。こちらが姫様を誘拐したと思われる人間からとった調書です。後ほど、こちらをもとに、海王様のもとで御前裁判をおこなおうと考えておりますが……」

「…………ふん」

巨大な貝殻の玉座に腰かけた海王は、無言で受け取った調書を睨みつけていた。

――海王エナリオス・ル・リエー。

それは、海神のごとき威厳と風格を漂わせた大男だった。

海王はその荒々しく波打たせたヒゲを揺らしながら、ほぅっと息を吐く。

「……ふむ……ローナ・ハーミット、か」

「……？　なにかご存知なのですか、海王様？」

「い、いや……人間のことなど知るわけがなかろう。ふんっ」

海王がごまかすように重々しく咳払いをすると、水竜族の文官がびくっと震えながら、「失礼いたしました……っ！」と頭を下げる。

ここ最近は、海王の機嫌が悪いようで、なにか気にさわれば投獄されかねないのだ。

「……ともかく、娘も戻ってきてこれで安心したぞ。すぐに娘を我がもとへつれて来い。もちろん、その人間もだ」

「はっ！　ただ、その人間とルル姫のことなのですが……」

「聞こえなかったのか？　わしはすぐにつれて来いと言ったのだ」

「は――ははぁっ！　失礼いたしますっ！」

こうして、水竜族の文官が慌てて去っていったあと。

やがて、玉座の間でひとりになった海王は、ふぅっと息を吐き――。

「……………くくく……くらららららら――ッ☆」

と、やがて悪い魔女のような高笑いをぶちまけたのだった。

（ルル姫がいなくなったときは、どう計画を軌道修正しようかと思ったけど……まさか、あの〝ローナ・ハーミット〟が自分から捕まってくれるとはね！　なんてうれしい誤算なのかしら！）

海王の笑いに吹き消されるように、一瞬だけ彼の姿が幻のようにかき消え――。

そこに、深海色のローブをまとった魔女の姿が現れた。宙に浮かんだ巨大クラゲに腰かけ、その目はギラギラと世界を憎むような輝きを帯びている。

その魔女の姿こそが、海王の真の姿――というはずもなく。

――水月の魔女マリリーン。

それこそが今、海王を演じてい、い、いる魔女の名だった。

（ローナ・ハーミットね……あの六魔司教を従わせたって噂を聞いてたから、どんな化け物かと思ったけど……ぜ〜んぜん、たいしたことないじゃない。結局、邪竜教団がしょぼかっただけの話ね。警戒して損しちゃった）

――ローナ・ハーミット。

最近現れた、まったく読めない動きをする〝イレギュラー〟。

能力も目的も、全てが謎に包まれており……。

わかることはといえば、『闇の勢力を潰して回っている』ということぐらいだ。

一部の界隈から〝天使〟と呼ばれたり、光の翼で飛んでいるところを目撃されたりしているあたり、もしかしたら天界からの使いなのかもしれない。

そして、今回も魔女マリリーンの陰謀に感づいて、この海底王国アトランまでやって来たのだろう。ルル姫をさらったのも、おそらく魔女マリリーンがルル姫を利用しようとしていることを察知したからだと思われるが……。

（くららららッ☆　あたしの勝ちね、ローナ・ハーミット！）

今のローナ・ハーミットは、魔封じの手錠をつけられて投獄されている。

もはや、〝海王〟である魔女マリリーンにとっては、まな板の上の魚のようなものだ。

（くららららっ☆　さぁて、今のローナ・ハーミットはどんな顔をしているのかしら？　泣いているのかしら？　悔しがっているのかしら？　さあ……水よ、ローナ・ハーミットの様子をあたしに見せなさい！　水天魔法──アクアビジョン！）

魔女マリリーンが魔法で水球を作ると、その表面にやがて地下牢の光景が映し出され──。


『『──うまいぞぉおおおッ!!』』


「…………へ？」

魔女マリリーンは、ぽかんとしたように固まった。

水面に映し出されていたのは──行列のできる店だった。

なぜか、ローナ・ハーミットのいる牢の前に、水竜族たちの行列ができていた。地下牢の壁には『げぼく食堂』という暖簾《のれん》やのぼり旗もつけられ、テーブル席まで設置されている。

『『るっ、最後尾はここだ！　ちゃんと列になって並べ！』』

さらには、なぜか給仕姿のルル姫が2人いて、看板を手にてきぱきと列の整理をしていた。

最初は、別の場所を映し出したのかと思ったが……違う。

ちゃんと地下牢の光景を映している。

そして、ローナ・ハーミットはというと。

『あなたは、料理人のヘリング・ウェストンさんですね？　あなたのお悩みは、ずばり——育てていたタコがいなくなったこと。違いますか？』

『お、おおっ！　なにも言っていないのに、そこまで!?　すごい、全てその通りです！』

なぜか牢屋の中で、探偵帽をかぶり安楽椅子に腰かけていた。

その周囲にはお宝の山が築かれ、水竜族たちがローナに向かってひざまずいている。

『それで、僕のタコはいったいどこに……？』

『大丈夫ですよ。あなたのタコは——あなたの家の台所のツボに、奥様が隠しています！』

『なっ!?　本当なのか!?』

『……っ！　ええ、そうよ……でも、あなたが悪いのよっ！　ペットにかまって、わたしたちの結婚記念日のことなんて忘れて——』

『ち、違うんだ！　あのタコはペットじゃない！　今度の結婚記念日にごちそうとして出そうと育てていたものだ！』

『そ、そうだったの!?　ごめんなさい……わたしったら……』

『いいんだ、僕も本当に大切なことを忘れていたんだから』

『あなた……』

『ありがとうございます、ローナさん！　あなたのおかげで、今年は最高の結婚記念日が送れそうです！　こちら、お礼のパール10個です！』

『わーい』

見えない算盤《そろばん》を弾くように虚空で指を動かすたび、圧倒的な推理を披露していくローナ・ハーミット。そんな彼女の周囲には、依頼人がどんどん押し寄せてきて——。

『私がさがしていた結婚指輪も、本当に言われた通りの場所にあったわ！』

『都を騒がせていた幽霊の正体も、本当に〝枯れたフラワーサンゴ〟だったしのぅ』

『す、すごい！　どうして椅子に座ってるだけなのに、そこまでわかるんですか!?』

『え、えっと……ずばり、推理力です！』

『『『——推理の力ってすげーっ！』』』

（…………なにこれ？）

意味がわからなすぎる光景だった。

魔女マリリーンは何度も目をこするが、水面に映し出された光景が変わることはなく。

そこには、地下牢生活をエンジョイしまくっているローナ・ハーミットの姿があった。

（……いや、えっ？　な、なにがあったら、こうなるの……？　というか……なんで、さりげなくルル姫が2人に増殖してるの?)

もはや、どこからツッコめばいいのかわからない。

悪い幻でも見ているような光景だった。

(は――っ!?　ま、まさか……牢の中で得られる情報と知力のみをもって、人間嫌いの水竜族たちの心を掌握したというの……!?　あ、ありえない……魔封じの手錠をつけられて、牢屋に閉じこめられてるのよ!?)

はたして、同じことが自分にできるだろうか。

いや……できるはずがない。

――神算鬼謀。

そんな言葉が、魔女マリリーンの脳裏をよぎる。

しかし、それほどの知力がある人物が、むざむざ地下牢にとらわれるだろうか。

なにか、得体の知れない不安が、魔女マリリーンの中でじわじわと膨れ上がってくるが。

(だ……大丈夫よ。いくら知力があろうが、まさか海王が偽者と入れ替わってるだなんてわからないはず――)

『――あの、最近の海王様は、まるで人が変わったかのように厳しくなられたのですが……』

『ああ、それなら――今の海王様は〝水月の魔女マリリーン〟って人が化けてる偽者だからですよ！』

（――あぁああぁあッ⁉　正体がバレたぁああぁあッ⁉）

なんか、めちゃくちゃ普通にバレてしまった。

そこで、ようやく魔女マリリーンは気づいた。

ローナ・ハーミットは、最初からこれが目的だったのだ。

自ら地下牢にとらわれたのは――もっとも効率的に、この城の内部へ入りこむため。

そこで水竜族の役人や兵士たちを味方につけ、その推理力をもって自分の言っていることが真実だと印象づけてから――魔女マリリーンの正体を看破する。

そうすれば、嫌いな人間の言葉といえど、水竜族たちの中にも疑念がわくはずだ。

（で、でも、まだ変身が解かれたわけじゃないわ！　海王の姿をしているかぎり、誰もあたしには手を出せないはず――）

『あっ、ちなみに、〝ケショーカ・マショーカ〟というキーワードを言うと、変身を解くことができるそうですよ！』

（――あぁああぁあッ⁉　変身が解かれたぁああぁあッ⁉）

魔女マリリーンを包みこんでいた幻影が、しゅぅぅう……っと消滅していく。

彼女の切り札である、幻術の解き方さえもバレていた。

（ま、まさか、見られていることに気づいて、遠隔で変身を解いたというの――っ!?　くっ、今から変身しても、どうせ解かれるならＭＰの無駄……こ、こうなったら、モンスターをこの国に襲撃させて、その隙にいったん逃げるしか――ッ！）

魔女マリリーンが慌てて通信水晶を介して、国の外に待機させているモンスターに命令を送るが……返事がない。

嫌な予感がして、モンスターの待機場所を魔法で映し出してみると――。

待機させていたはずのモンスターたちが、綺麗さっぱり消え去っていた。

（ま、まさか……さっきの、あの凄まじい雷は……モンスターを倒すため!?）

自分の計画が、いつの間にか全て潰されている。

魔女マリリーンの全身から、冷や汗がどばぁっとふき出した。

（ど、どこまで……ローナ・ハーミットは計算しているというのっ!?）

優れた頭脳を持つ魔女マリリーンをもってしても――わからない。

いったい、いつからだろうか。

魔女マリリーンが、ローナ・ハーミットの手のひらの上で泳がされていたのは……。

まるでなにも考えていないような、ぽけーっとした顔をしているのは、周囲をあざむくための策略だったのだろう。あるいは――彼女にとっては、これしきの計算など〝考える〟うちにも入らないと言いたいのだろうか。

実際にローナ・ハーミットは、この海底王国アトランに入ってから1時間ほどで――城の水竜族たちの人心を掌握し、そして魔女マリリーンの変身を破ったのだ。

（…………ば、化け物……っ）

自分は今、〝なに〟を相手にしているのだろうか。

ただの知力と呼ぶには、それはあまりにも人外じみている。

――――怖い。

魔女マリリーンは、今まで感じたことのないような恐怖を覚えた。

『ローナ殿。海王様がお呼びです。どうぞ、こちらへ』

『あ、御前裁判でしたっけ？　わかりました！』

（――っ!?　まずい、ローナ・ハーミットがこっちに!?）

ローナ・ハーミットが、水竜族たちをつれて玉座の間へと近づいてくる。

もはや、逃げ場はない。

いや、どこへ逃げようと――きっと、ローナ・ハーミットからは逃げられない。

（待って……待って待って待って！　展開が早すぎるッ!?　ど、どうして……どうして、こうなったの!?　ついさっきまでは、全てが順調だったのに!?　海王の封印も成功して、もうすぐあたしの〝復讐《ふくしゅう》〟が成就するところだったのに……なにが起きてるというの!?）

いろいろなイベントをすっ飛ばしたかのような展開の速さに、魔女マリリーンは混乱する。

しかし、そうしている間にも、玉座の間へと近づいてくる足音は大きくなっていき……。

ついに——運命の瞬間は、訪れた。

「——海王様、ローナ・ハーミットをおつれしました」

玉座の間の扉が、ぎぃぃぃっと重々しく開く。

そして、魔女マリリーンは、ローナ・ハーミットと対峙《たいじ》した。

「『るっ!?　誰だ、あいつ!?』」

「海王様はどこだ!?」

「まさか……ローナ殿が言っていたことは、本当だったのかっ!?」

水竜族たちが魔女マリリーンの姿を見て、唖然とする。

しかし、魔女マリリーンはもう、その姿を隠すことはしない。巨大クラゲで宙高くに浮かびながら、彼女は静かな瞳でローナ・ハーミットを見下ろしていた。

「……見事ね、ローナ・ハーミット。まさか、これほどの頭脳を持っているとは……本当に恐れ入ったわ」

もはや、自己紹介は必要ないだろう。

ローナ・ハーミットは、自分のことなど、とうに知り尽くしているはずだ。

「ええ、そうよ……あたしは……あたしを裏切って捨てた水竜族と人間に復讐するために、海王エナリオスになりかわり、この海底に封印された〝原初の水クリスタル・イヴ〟の封印を解こうとしていたわ。もっとも……反幻の呪文まで見つけてきたあなたには、とっくにバレていたでしょうけどね」

魔女マリリーンは静かに語る。

それを、ローナたち一行は黙って聞いていた。

「いいわ……あなたの強さ、認めてあげる。だけど、まだあたしは負けたわけじゃない。あたしの〝復讐〟はまだ終わってない……人間も、水竜族も……みんな、みんな――あたしが滅ぼしてやるんだからッ！」

魔女マリリーンが絶叫するとともに――かッ！　と、部屋が光り輝いた。

その次の瞬間、視界が回復した人々が見たものは……。

玉座の間を埋め尽くすように出現した、無数の魔女マリリーンの分身体だった。

「水天魔法――ミスト・ディレクション。あなたたちはもう、あたしの幻の牢獄からは逃れられないわ！」

知力でダメならば、武力で勝負するしかない。

手錠によってローナ・ハーミットの魔法が封じられている今ならば、まだ勝機はあるはずだ。

(正直、まだ状況はよくわかってないけれど……こうなったら、迎え撃つのみ！　こういうときは先手必勝よ！)

魔女マリリーンの殺気がびりびりと室内を満たす。

しかし、魔女マリリーンには、ひとつ大きな誤算があった。

たしかに、ローナは地下牢にて王が偽者だと看破したが……。

『海王が偽者……だって？』

『はっはっはっ！　さすがにないない！』

誰も真に受けていなかったうえに、そもそも話を聞いていた者がほとんどいなかったのだ。

そのため――。


(((……なんでいきなり自白してるんだ、こいつ!?)))

いろいろ展開をすっ飛ばしてきたようなスピード感に、その場にいた水竜族たちはひたすら困惑していた。

(る……るぅ？　どうしよう、いまいち状況がわからぬ……)

(ま、まあ……ルル以外の誰かがわかってるはず……)

ルル×2は冷や汗をたらしながら、周囲の水竜族たちに説明を求めるような視線を送る。

しかし、他の水竜族たちも状況は同じであり。

（くっ！　いったい、今……なにが起きてるというんだ？）

（わ、わからねぇっ！）

（俺たちは今――なんとなく、ここに立っているッ！）

そして、水竜族たちが顔を見合わせて頷き合う。

国の命運をかけた決戦を前に、その気持ちはひとつになっていた。


（（（――誰かもう1回、説明してくれないかな!!）））


そして、ここにいる全員の視線は、自然と1か所に集まった。

そう、この状況を作ったであろう張本人――ローナ・ハーミットのもとへ。

一方、視線を浴びているローナは、魔女マリリーンをまっすぐ見すえ、そして――。

（……？　…………誰だろう、この人？）

ぽけーっと口を半開きにしていた。

こうして、誰も状況をよくわかっていないまま……。

海底王国アトランの命運をかけた戦いが今――始まったのだった。

第14話　海底王国を救ってみた

海底王国アトランの玉座の間にて。

ローナは水月の魔女マリリーンと対峙していた。

いや、正確には、魔女マリリーンの無数の〝分身体〟と対峙していた。

「くら――くらららら――ッ☆」「ローナ・ハーミット！」「くらら☆」「あなたの頭脳があろうと」「くららら☆」「本物がどこにいるかわからないでしょう？」「くらら☆」「さあ、あたしの幻に溺れなさい！」「くらららららら――ッ☆」

広間に漂っている霧から、魔女マリリーンの分身体が高笑いとともに次々と生まれてくる。

そんな光景を前に、ローナは……。

（……えっと、どういう状況なんだろう、これ？　あれ、御前裁判は……？　というか、『くらら』ってなんだろう？　普通そんな笑い声になる……？）

いまだに、ちょっと混乱していた。

ローナとしては、牢屋での暇つぶしに〝サブクエスト〟をこなしていたら、御前裁判の時間になったので、玉座の間に来ただけなのだが。

なぜか、知らない女の人がいきなり自白を始めたかと思えば、いきなり戦いが始まったのだ。

（え、えっと、この魔女っぽい人の情報は……これかな？）

ローナは急いでインターネット画面を操作して、お目当ての情報を発見する。

■ボス／【水月《すいげつ》の魔女《まじょ》マリリーン】
［出現場所］【海底王国アトラン】
［レベル］60
［弱点］雷・氷・風
［耐性］水・火・地
［討伐報酬］【ダイオウクラゲの魔石】（100％）、【水月の涙】（50％）、【深海のローブ】（20％）、【水月杖クラリス】（10％）
◇説明：メインストーリー8章で登場するボス。
幻・分身・透明化など、トリッキーな戦術を使ってくる。

本体の位置を知るために、閃光か広範囲攻撃手段があると便利なほか、空中にいる本体を攻撃するために遠距離攻撃手段がほぼ必須となる。

ただし、攻撃手段は魔法のみであるため……。

（……な、なるほど……レベル60かぁ……）

かなりの手だれだ。

そういえば、海王エナリオスになりかわっていたとインターネットにも書いてあった気がする。

「くらら☆」「ローナ・ハーミット」「あなたも、もしかして〝魔女〟の名を持っているのかしら？」「ただね、それだけじゃあ……」「あたしには勝てないわ」「あたしはこの世界に復讐するために、魔王にだって魂を売ったの」「今のあたしは人間の力を超越しているわ！」「くらららららら——ッ☆」

魔女マリリーンの分身体が、次々に声をかけてくる。

「あなたにどれだけの力があろうと」「しょせんは人間！」「魔法も使えない今のあなたになんか」

「——負けないわッ！」

「わっ」

そんな言葉とともに、魔女マリリーンの分身体が一斉に襲いかかってきた。

四方八方から、分身体たちが魔法陣を構築し、そして——。

「溺れなさい！　あたしの必殺の水天魔法——」

「えっと、とりあえず——リフレクション」

「アクアレイイぃいいぼぼぼぼぉおぼぼぉおぼォオオ——ッ!?」

「からのぉ――星命吸収《テラ・ドレイン》！　星命吸収《テラ・ドレイン》！　星命吸収《テラ・ドレイン》！」

「――あぁあああああっ!!　負けたぁあああああッ!!」

20秒で決着がついた。

魔法しか使えないタイプが相手なら、魔法反射スキルを使っている間に、相手のMPをゼロにすれば勝てるのは当然だった。

「「「…………」」」

MPを吸われすぎて床でぴくぴくと痙攣《けいれん》している魔女マリリーン。

それを、この場にいた全員がぽかんとしたように見下ろす。

いろいろと説明を求めるような視線が、ローナに集まる中――。

（……な、なんか、最後までよくわからなかったなぁ）

ローナはあいかわらず、ぽけーっと口を半開きにしていた。

◇

こうして、海底王国アトランの偽王事件は、誰もよくわかっていないうちに幕を下ろしたのだった。

「おおおおっ！　出られたぞぉおおおお――っ!!」

魔女マリリーンを倒したあと。

ローナの牢にあった謎の宝箱を、魔女マリリーンが持っていた鍵を使って開けると。

ぼふんっ！　と、白煙とともに本物の海王エナリオスが出てきた。

本来は、兵士に隠れてこそこそと城のギミックを解き、海王の寝室にある金庫を開けて鍵を手に入れる……という手順が必要だとインターネットには書いてあるが。

とりあえず、開けられたので問題はないだろう。

■キャラクター／【海王《かいおう》エナリオス・ル・リエー】
【海底王国アトラン】を統べる水竜族の王にして、【水竜姫ルル・ル・リエー】の父。

長い年月、海の秩序を維持するために尽力し、人間たちの間では半ば神格化されている。

海底に封印された【原初の水クリスタル・イヴ】の監視をになっている。


（これだけ見ると、かなりすごい人っぽいけど……）

と思いつつ、ローナが実物に視線を移すと。

「おぉんッ！　ルルぅうう――ッ!!　寂しくなかったかぁあ――っ!!　パパだよ～っ！　ちゅっち

ゅ～っ!!」

本物の海王エナリオスは親バカだった。

そして――。

「「……パパ、臭い。近寄るな」」

「がーん!?」

ルル×2は反抗期だった。

それから、海王エナリオスは娘に抱きつこうとした姿勢のまま固まり、ルル×2をじっと無言で見つめ――。


「………いや……なんで娘が2人いるの……?」


(……あっ)

そういえば、ルルを増殖させたことを忘れていた。

ひとまず、その辺りの事情も含めて、これまでの経緯を説明する。

「――というわけで、古代遺物《アーティファクト》の暴走によってルルちゃんを召喚して2人に増やしたあと、海底王国アトランで海王様になりかわっていた魔女マリリーンも倒して捕らえて、今にいたるというわけです」

「いや……わしが封印されてる間に、いろいろありすぎではないか？」

海王エナリオスは、しばらく困惑したようになっていたが。

「だが……うむ、わかった。古代遺物《アーティファクト》の暴走ならば、娘が増えたのも仕方あるまい」

と、拍子抜けするぐらい、あっさり納得してくれた。

「えっと、いいんですか？　そんなにあっさり……娘が増えるとか大事件だと思いますが」

「古代遺物《アーティファクト》の暴走は天災みたいなものだ。誰のせいでもないし、巻きこまれた娘の身が無事だっただけでも幸運といえよう。そもそも……かわいい娘が2倍になるとか最高ではないか！」

「あ、はい」

「それに――結果として、ローナ殿が来てくれたおかげで、我が国は救われたのだからな」

と、海王は隣にある牢へと視線を向ける。

その中にとらわれていたのは――。

「………………ふんっ」

魔封じの手錠をつけられた水月の魔女マリリーンだった。

ＭＰもなく魔法も封じられているためか、とくに抵抗することなく大人しくしている。

「しかし、魔女マリリーンか。どこかで聞いた名だが……まさかっ！　おぬしは１０００年前の巫女か……？」

「くららっ☆　よく知ってるわね。昔の生贄の名前なんかを覚えてる物好きがいるとは思わなかったわ。あたしのことはなんて伝わってるのかしら？　海王をたぶらかして国を滅ぼしかけた悪しき魔女――といったところかしら？」

「む？　いや……そんなことは……」

「くらららら☆　ま、もうどうでもいいわ。あたしも、あなたたちも、どうせみんな――ここで滅びる運命なのだから！」

「「るっ⁉　おまえ、なにするつもりだ⁉」」

「するつもり、ですって？　くらららっ☆　だから甘いのよ、あなたたちは！　もしかして、あたしを負かせば、それだけでこの国が救われると思った？　残念だったわね！　言ったでしょう、あたしの復讐はまだ終わってないと――ッ‼」

魔女マリリーンがそう言った瞬間――。


――ごごごごごごごごぉおお……ッ‼


と、海底が激しく震えだした。

城の壁や天井が悲鳴を上げるようにきしむ。

「わっ」

「「るっ⁉　なんだ⁉」」

あまりの揺れに立っていることもままならず、水竜族たちが騒ぎだす。

「う、うわぁああっ!?」

「海底火山でも噴火したか!?」

「「るっ、違う……そういう揺れじゃない!」」

まるで、海が恐怖に震えて悲鳴を上げているような……なにか不吉さを感じさせる異様な揺れだった。

「魔女マリリーン!　おぬし、まさかっ!」

海王エナリオスは顔を青くしながら、魔女マリリーンを睨んだ。

「ええ、そうよ。この海底王国アトランに封印されし怪物――〝原初の水クリスタル・イヴ〟の封印に傷をつけておいたの。封印を破壊するところまではできなかったけど……この感じじゃあ、長くはもたないでしょうね!」

「「おまえ、なにが目的だ!?」」

「やつの封印が解けたら……この世界が海に沈むぞ!?　やつは七女神が総力を結集して、ようやく封印することができた神話の大怪物――人に制御できるものではない!　おぬしも、ただでは済まぬぞ!」

「だから言ったでしょう?　これはあたしの復讐よ!　人間も、水竜族も、みんなみんな――海の藻屑《もくず》になればいいのよ!　くらららららら――ッ☆」

「くっ……どうして、このようなことに！」

海王エナリオスが悔しげに歯嚙みをする。

「……げぼく、どうにかならないか？」

ルル×2が不安そうに瞳を揺らしながら、ローナの服のすそを引っ張ってくるが――。

（ど、どうしよう、ちょっと話についていけてない……〝原初の水クリスタル・イヴ〟ってなに？

そんなに強い敵なのかな？）

とりあえず、インターネットで調べてみると。

■ボス／【原初《げんしょ》の水《みず》クリスタル・イヴ】

【出現場所】【海底王国アトラン】

【レベル】160

【弱点】魔法攻撃（水部分）・物理攻撃（コア）

【耐性】物理攻撃（水部分）・魔法攻撃（コア）

【討伐報酬】原初装備（確定）、アイテムボックス拡張＋50、原初のコア（70％）、原初の雫《しずく》（50％）、原初の涙（10％）

◇説明：【海底王国アトラン】解放後に戦える高難易度ボス。

世界が創造されたとき【七女神】によって創られた最初の生命体であり、進化・増殖・再生の機

能だけを与えられたこの〝水〟は、この星の表面の7割を海へと変えたとされる。

(……うん、これは無理なやつだね)

レベル160だし、なんか神によって創られたとか書いてあるし……本当に神話に出てくる化け物だった。今まで戦ってきたどんな強敵よりも、圧倒的に格上だ。

レベル83の終末竜ラグナドレクすら『ザコ』と言い放ったインターネットの神々も、この敵は強いと認めているし……。

(さすがに、これは私の力の範疇を超えてるなぁ……って、ん?)

そこでふと、とある文章を見つけた。

『まともに戦うと強いが、ハメ技が存在するため倒すのは楽』

(……ん? んん……?)

無言で目をごしごしとこすって、ふたたび見るが。

やはり、『ハメ技』『倒すのは楽』と書いてある。

今までのパターンからして、この感じは――。

(あっ……これ、普通に倒せそうなやつだ……)

ローナはしばらく、ぽかんとしてから。

（と、とりあえず、よかったぁ……早くこのことを、みんなにも伝えないとね）

と、ほっとして、みんなのほうをふり返った。

「あ、あのぉ……みなさん、その怪物についてですが――」

「海王様、祠《ほこら》の封印がほころんでいます！　このままではっ！」

「むぅ……海が悲鳴を上げておるっ！　これでは、いつ封印が決壊してもおかしくないぞっ！　1年後か、1か月後か……あるいは今日、崩壊するかもしれぬっ！　封印を維持するには、海王の血を引く者が生贄になる必要があるが……」

「え？　そんなことしなくても、普通に倒せ――」

「パパ！　なら、ルルが生贄になる！」

「あっ、ちょっ――」

「…………ならぬ。これは王命だ」

「ど、どうしてっ！　パパはこの海に必要な王だ！　だけど、ルルは……落ちこぼれの姫でっ！」

「……よいか、ルル。おぬしはこの海の未来なのだ。立派な海王になれ。願わくば、そなたが立派な海王になった姿を見てみたかったが……」

「……パパっ！」

「「――海王様ぁっ！」」

（あぁ……どんどん言いづらい空気に……）

海王エナリオスとルル×2が抱き合い、その光景に水竜族たちが涙を流す。

ローナが言いあぐねているうちに、なんか感動的なドラマがくり広げられてしまったが……。

「――――あ、あのぉ」

ローナがおずおずと挙手をした。

それで、ようやく水竜族たちが黙って、ローナの言葉を聞く姿勢になってくれたらしい。

毎度のことながら、言いづらい空気になってしまったが。

「――私が倒しておきましょうか、それ？」

「「…………へ？」」

ローナがそう口にすると、先ほどまでのしんみりした空気が一変。

呆《ほう》けたような沈黙が、辺りを支配した。先ほどまで高笑いしていた魔女マリリーンですら、ぽかんとしたようにローナを見つめている。

「え、えっと……倒すとは、〝原初の水クリスタル・イヴ〟をか？」

「はい！　なんか、けっこう簡単に倒せるみたいなので」

「「「…………え、えぇぇ……？」」」


というわけで――。

ローナたちはさっそく、神話の大怪物が封印されているという海底祭壇へとやって来た。

神聖さを感じさせる祭壇の奥には、ひとつの石の門が取りつけられている。

その門の先は、水の膜に覆われていて見ることができないが――。

ぞぞ……ぞぞぞぞ……ぞぞ……と。

門の向こうから流れてくる強烈な瘴気《しょうき》が、ローナたちに告げていた。

この先に――封印されし怪物〝原初の水クリスタル・イヴ〟がいるということを。

「ほ、ほほ、本当に大丈夫なのか、ローナ殿？」

「は、早まるな、げぼく！　やつは人間になんとかできる相手じゃない！」

「いくらげぼくが強くても無理だ！　相手は世界を滅ぼせる怪物だぞ！」

海王とルル×2が止めようとしてくるが。

「……大丈夫です。ちゃんと全部、わかってますから」

たしかに、相手は神話に出てくるような化け物だ。

今まで多くの神々が挑んでは殺されてきたという強大な敵。まともに敵の攻撃を食らえば、Sランク防具を2つ持っている今のローナでさえも一撃死しかねない。

しかし、それでも――。

(……私はもう、昔とは違う)

これまで、インターネットでたくさんのことを学んできた。

今のローナはもう、終末竜ラグナドレクと戦ったときのような――なにも考えずにボス部屋に入っていたときのローナとは違う。

ちゃんと、ボスの弱点や耐性を予習し、攻略動画を見ながらボス戦のイメージトレーニングを重ねてきた。

だからこそ、ローナは自信を持って、ボス部屋へとつながる門の前へと立つことができる。

「……ローナ殿、この門から結界の中へと入ることができる。だが、入ったら最後……もう後戻りはできないぞ？　結界の中からは、けっして外に出ることはできぬ。そして、原初の水が倒されたことを確認するまでは……この結界を解除することもできぬ」

「はい、それで大丈夫です。私としても、そのほうが戦いやすいので」

「……そうか……すまぬ、健闘を祈る」

海王がその場にひざまずき、深々と頭を下げた。

それは、ローナという人間に対しての最大限の敬意の表れであった。

「えっ、えぇっ!?　あ、頭を上げてください！」

ローナがわたわたと混乱して、やめさせようとするが。

「「「──海王様だけに、頭を下げさせるなっ」」」

──。

「え、ええっ!?」

その場に来ていた水竜族たちも、一斉にひざまずく。

実のところ、水竜族の中には、まだローナという人間に懐疑的な者もいた。

──人間と水竜族は相容《あいい》れない。

ずっと、そう教えられてきたからだ。

人間は恐ろしい生き物で、国に入れば災いが起こる。

今回の災いも、もしかしたら人間が国に入ったせいなのではないか、と。

しかし、門の向こうから漂ってくる怪物の殺気に、多くの者が足をすくませて動けなくなった中

この人間の少女だけは、戦おうとしていた。

海王が生贄になれば、封印は維持できる。それで人間にとっては問題ないはずなのに。

それでも、水竜族のよりよい未来を目指して──前へと進もうとしてくれた。

人間だとか水竜族だとか、そんなことは関係ない。

この少女の小さな背中に、なにも感じない者など……この場にはいなかった。

「「……ご武運をっ！」」

しかし――。

ローナは水竜族たちに見送られながら、ふたたび門への歩みを再開する。

「えっ？　あ、はい」

「「げぼくっ！」」

と、ルル×2がローナにしがみついた。

「ルルちゃん？」

「や、やっぱり行っちゃダメだ！　こんなのは無駄死にだ！」

「いやだ……せっかく……せっかく友達になれたのにっ！　初めての……友達なのにっ！」

「ルルちゃん……」

ルルの叫びに、ローナは足を止めた。

それから、ルル×2を安心させるように、ローナは優しく微笑んだ。

「大丈夫です。私はどこにも行きませんよ。ルルちゃんの側からも離れたりしませんから」

「「……ほ、本当に？」」

「はい！　だって――〝位置取り〟はここで大丈夫だと思うので！」

「「……………る？」」

そんな言葉をかわしてから、ローナはすぅっと息を吸い……。

そのまま、門へと入る――ことなく、門へと杖を向けた。


「それじゃあ、攻略開始です――プチサンダー！」


「「………………へ？」」

ばりばりばりぃぃィイ――ッ！　と
ローナが門に向けて、魔法をぶっ放した。

杖から放たれた極太の雷は、門の中へと吸いこまれ――。

『――キュォオオオオオ……ッ!!』

凄まじい雷鳴とともに、怪物の悲鳴らしきものが聞こえてきた。

「「……え？　……え？」」

ルル×2がローナにしがみついたまま、ぽかんと口を半開きにする。

他の水竜族たちも、「……え？」みたいな顔のまま固まり――。

そんな中、ローナだけが明るい声を出していた。

「よし、ちゃんと攻撃が当たるね♪　インターネットに書いてある通り♪　それじゃあ、もうちょっと引きつけてから――リフレクション！　からのぉ――プチサンダー！　プチサンダー！」

門の中へと、さらに雷を放つローナ。

ガッ、ガッ、ガガッガガガ……ッ！　と

門の向こう側からは、怪物が門に体当たりする音が聞こえてくるが……。

結界に引っかかっているのか、こちらに出てくることはなく。

「プチサンダー！　プチサンダー！　プチサンダー！」

『キュォオオオオ――ッ!!』

「プチサンダー！　プチサンダー！　プチサンダー！　あっ、椅子持ってきたんだった……ふぅ、よしっと！　それじゃあ――プチサンダー！　プチサンダー！　プチサンダー！」

『キュォオオオオオオオ――ッ!!』

「いったん、ここで――星命吸収《テラ・ドレイン》！　からのぉ――プチサンダー！　プチサンダー！　プチサンダー！　プチサンダー！」

『キュオオ……キュ……キュオオオオ――ッ!!』

(((………なにこれ?)))

その場にいたローナ以外の全員が、唖然とした表情でその光景を見ていた。

ブン
ブン

目の前でくり広げられているのは、神話に出てくる大怪物との戦い。

それで間違ってはいないのだが……。


(((――な、なんか、思ってたのと違う！)))


その瞬間、水竜族たちの気持ちがひとつになっていた。

もっとこう、地形が変わるような激しい死闘がくり広げられると思っていたのだが……。

目の前に見えるのは、椅子に座りながら杖を振っている少女の姿だけ。

門の先が水の膜のようなもので覆われているため、敵の姿を見ることすらできない。

ただ、怪物の悲鳴が聞こえてくるあたり、ちゃんと攻撃は届いているのだろう。

(な、なにが起きてるんだ……？)

(こ、こんな戦い方が……許されるのか？)

と、水竜族たちが混乱している一方で。

(うん、完全にパターン入ったね！　インターネットに書いてある通り♪)

ローナはほっとしたように、インターネット画面に視線を落としていた。

◇立ち回り

原初の水は戦闘時、コアの周囲にある水を、竜・剣・星・人の４つの形態に変えて戦ってくる。それぞれ特性が違うため総合的な強さが求められるほか、星形態になると水球の中で回復され、人形態は時間とともに成長していくため、できるだけ火力を積んで短期決戦に持ちこみたい。

……ただし、ボス部屋の入り口に当たり判定がないため、エリア外から一方的に攻撃することができてしまう（入り口に近づきすぎると、敵の攻撃が当たることもあるので注意）。

インターネットによると、どうやら『この結界は、外から入ることができても、中から出ることができない』『扉代わりの水の膜に当たり判定がない』といった事情で、このように一方的に攻撃することができてしまうようだ。

ボス部屋に入らずに、ボスを一方的に攻撃する。

このような戦い方を、神々の言葉で――。

――〝エリア外ハメ〟と呼ぶらしい。

といっても、敵の凄まじい回復スピードを上回るだけの火力がなければ、ＨＰを削りきることはできないようだが……。

ローナには、世界樹の杖ワンド・オブ・ワールドの火力がある。

それに加えて、魔法反射スキル【リフレクション】のおかげで威力が2倍。

さらに、１００以上のレベル差があるため、スキル【大物食いⅢ】の効果によって、与えるダメージはおよそ4倍――。
今のローナの攻撃は、神話の怪物にもしっかり通用する威力になっており――。

「全力のぉ――プチサンダーっ！」

『キュォオ……ォォ……キュォオオオ――――ッ!!』
やがて門の向こうから、ひときわ大きな怪物の絶叫が聞こえてきた。
そして、カッと門が光り輝き、結界がガラスのように砕け散る音が響きわたり――。

『原初の水クリスタル・イヴを倒した！　EXPを111111獲得！』
『LEVEL　UP！　Lv57→67』
『SKILL　UP！　【大物食いⅢ】→【大物食いⅣ】』
『アイテムボックス枠が50拡張されました』
『称号：【原初を超えし者】を獲得しました』

気づけば、視界いっぱいに表示されたメッセージが、戦いの終わりを告げていた。
敵の様子がわからないため、勝ったという実感はあまりなかったが……。

門の向こうから聞こえていた音も消え、周囲は完全に静まり返っている。

ということは――。

「――あっ、討伐完了したみたいです！　これで世界は救われましたね！」

ローナがにっこりと水竜族たちに笑いかける。

「「「――――――」」」

それは、水竜族の悲願が果たされた瞬間だった。

封印された怪物によって、今まで怯えて暮らしてきた水竜族たち。

その怪物によって、多くの悲劇が生まれ、多くの涙が流れた。

だからこそ、〝原初の水クリスタル・イヴ〟の討伐は喜ばしいことであり。

水竜族が１０００年以上もの間、夢にまで見ていた瞬間だったのだが……。

「「「……………いや……ええええ……」」」

と、水竜族たちは、すごく複雑そうな声を上げたのだった。

第15話　報酬をもらってみた

原初の水クリスタル・イヴとの戦いのあと。

ローナは水竜族たちとともに門をくぐって、〝ボス部屋〟の中に入ってみた。

「『るっ、広いぞ!?』」

「むっ、海底にこのような空間があるとは……」

「わぁ……綺麗っ！」

そこは、空色の世界だった。

青空の下、どこまでも広がる静かな水面――。

薄く張られた水が、鏡面のように空を映している。

まるで――天空の鏡。

天国と言われても信じてしまいそうな、神秘的な光景だった。

「海底なのに太陽があり、風があり、澄んだ水がある……不思議な場所だな」

「あっ、ここって……もしかして！」

「「る？　なにか知っているのか、げぼく？」」

「はい！　〝あにめ〟の〝おーぷにんぐ〟という宗教作品で、やたらよく題材にされると言われている神々の聖地です！　聖地はここにあったんだ！」

「ほぅ……聖地か。たしかに、神々の力の残滓《ざんし》のようなものを感じるな」

「「よし！　ルルたちも、ここを〝聖地〟と呼ぼう！」」

というわけで、この空間の名前は〝聖地〟に決まった。

正直、この〝聖地〟を見ることができただけでも、充分な報酬だったが……。

「「るっ？　げぼく、なにかあるぞ！」」

「えっ？」

ふと、ぱたぱたと走り回っていたルル×2が、なにかを発見してきた。

それは——宝箱だった。

だだっ広い水面の中に、ぽつんっと宝箱が置かれているのは、異様な光景だったが。

同じような宝箱を、ローナは見たことがあった。

(そういえば……終末竜ラグナドレクを倒したときも、こんな宝箱が出てきたな)

ということは——。

「たぶん、これは〝ボスを倒した報酬〟だと思います」

「「る？　報酬？　誰からのだ？」」

「えっと……世界からの？」

「「るっ!?」」

「私も一度しか見たことがないんですが……すごく強い敵を倒すと、世界がご褒美をくれるみたいなんです」

「ほ、ほぅ……世界からのご褒美か。ならば、それはローナ殿が受け取るべきだな」

「え、いいんですか？」

「当然ではないか。あの怪物を倒したのはローナ殿なのだからな。それに……この宝箱を差し出すだけでは、まだまだ足りぬよ。わしら水竜族が、ローナ殿から受け――」

「「パパの話、長い！　いいからとっとと開けろ、げぼく！」」

「あ、はい」

ルル×2にせっつかれて、ローナはとりあえず蓋に手をかけた。

前回の宝箱では、中から神話級の装備〝終末竜衣ラグナローブ〟が出てきたが……。

今回の敵は、終末竜ラグナドレクよりもさらに強い敵だった。

「い、いったい、なにが出てくるんだろ……」

「「めちゃうまい〝つりぇーさ〟に決まってる！　わくわく！」」

「ふむ、あるいは……『怪物退治を一緒になしとげた仲間との絆こそが宝だ』というパターンかもしれぬな」

そうして、ルル×2や海王に見守られながら。

ローナがおそるおそる宝箱の蓋を開けてみると――。

ぱぁあああ……ッ!!　と。

神々しい光とともに、中にあったものが浮かび上がってきた。

「むぅっ!?」

「「――るっ!?」」

「こ、これは……っ！」

まばゆい光に目を細めながら、ローナはその小さな影を見すえる。

どこか神聖さを感じさせる、ひらひらした薄い衣。

芸術性とかわいらしさが高度に融合した一品。

それは、間違いない――。


――水着《ビキニ》だった。


「「「…………」」」

なんとも言えぬ気まずい沈黙が、辺りを満たす。

（……え？　ど、どういうこと……？）

ローナも混乱して、なにも言えなくなっていた。

しばしの沈黙のあと、ルル×2がおそるおそる尋ねてくる。

「「……げ、げぼく？　それはいったい？」」

「私にもわかりません」

「ど、どういうことだ？　我ら水竜族の悲願を達成した報酬が……その水着なのか？」

「げぼくの水着姿を、世界が望んでいるということか……？」

「それが、世界の選択なのか……？」

「そんなことはない……と思いますが」

そもそも、世界が『強敵を倒した褒美に水着をやろう』と考える意味がわからない。

たとえ、水着がなんらかの装備だったとしても、強いとは思えないし……。

と、ローナが混乱しながらインターネットで情報を確認すると。

■防具／服／【原初《げんしよ》の水着《みずぎ》〜クリスタルの夜明《よあ》け〜】
［ランク］ＳＳＳ　［種別］服　［値段］３２９０億シル
［効果］防御＋１３２９　精神＋３２９０
水耐性＋１００％　水泳時、疲労減少（大）
◇装備スキル：【水分身の舞い】（ＳＳＳ）

［効果］自分の分身を2体作る（攻撃を受けるか3回行動で解除）。
◇説明：かつて、【原初の水クリスタル・イヴ】を封じた英雄が、【七女神】から与えられたと言われる神器。
なぜ原初の水の報酬として水着が出てくるのか、なぜ【七女神】は英雄を水着で戦わせようと思ったのか……全てが謎に包まれているが、そんなことは水着の前ではどうでもいいことだった。


（……………つっよ……）

終末竜衣ラグナローブよりも、ずっと強かった。

さすがは、レベル160のモンスターを倒した報酬の水着といったところか。

（いや、でも……なんで水着がSSランク防具なの？　なんで、水着を強い装備にしようと思ったの……？　なんで、この薄い布で防御力が＋1329になるの……？　どういう原理なの……？）

わけがわからなかった。

（う、うーん、神様たちは水着が好きなのかな……？　まあでも、防御力が強化されるのはうれしいし服の下に着とくかぁ。さすがに、水着で攻撃力は上がらないだろうしね……ん？）

そこでふと、ローナはとある一文を見つけた。

『装備スキル【水分身の舞い】使用時、攻撃の威力やヒット回数が3倍になる』

（…………なるほど）

とりあえず、ローナの火力がさらに大幅強化されそうだった。

◇

それから、水着とは別に、海王からも褒美を与えるという話になり――。

ローナはアトラン城の宝物庫へと案内されていた。

扉を開けると、そこに広がっていたのは――黄金の山だった。

見わたすかぎりの、黄金、黄金、黄金……。

「…………ひゃぁ……」

ローナは思わず、ぽけーっと立ち尽くす。

そんなローナに、ルル×2がなぜか得意げに言ってきた。

「げぼく、ルルの国を救ってくれた礼だ！」

「ここにあるお宝、全部持ってくがいい！」

「い――いえいえいえっ！　そこまでもらうわけには！」

「いや、遠慮することはないぞ。ここにある財宝は、わしらの先祖が地上の人間から貢ぎ物としてもらったものらしいが……どうせ、わしらには使い道がないのでな」

「るっ！　お宝なんて食えないからな！」

「そ、そう言われましても……」

「そもそも、ローナ殿は自分がなにをしたのかわかっておらぬのか？　国どころか世界の危機をも救ったのだぞ？　この国を丸ごとわたしても報いることはできぬよ」

「く、国を丸ごと……」

その言葉を聞いて、ローナは今になって、自分のやったことの大きさを実感してきた。

ハメ技で楽したとはいえ、ローナは世界を滅ぼすほどのモンスターを倒したのだ。

まあ、だからといって『じゃあ、いただきます！』と言えるほど、ローナの肝は太くないのだが。

お金は欲しくても、さすがにこの量ともなると気が引けるのが本音だった。

「え、えっと、私としては……お宝をもらうよりも、アトラン料理をたくさん食べてみたいなぁ、と」

「……う、うーむ、料理か」

なぜか、海王に微妙そうな顔をされてしまった。

「い、いや……すまぬな。本来なら、期待に応えたいところだが……うちは食料不足で……」

「るぅ……この国、ひもじい」

「正直、ここしばらくはワカメと昆布しか食っておらん……」

くきゅるるるぅ……と。

父と娘が同時にお腹を鳴らし、溜息をつく。

(そういえば……さっきも水竜族の人たちが『食料不足』って言ってたな)

あのときは、まだ水竜族たちからも警戒されていたので、事情は聞けなかったが。

「なにかあったんですか？」

「まあ、近頃は外のモンスターが強くて、まともに魚がとれなかったということもあるが……そうでなくとも、このような閉鎖的な国で、国民の腹を満たすだけの食料を得るのは難しいのだ。魚の養殖や海藻栽培も試してはみたが、土地不足でそれも頓挫してな……」

海王から事情を聞いてみると、そもそもこの国では物資全般が不足しているらしい。

燃料も貴重なためろくに鍛冶や錬金もできず、海水はあっても生活や産業に使えるような水がない。そのため、古代からあるものを保護魔法でだましだまし使うか、地上にこっそり出てきてガラクタを拾って使う……という生活になっているのだとか。

「な、なるほど……」

どうやら、海底王国アトランは、まだまだ問題が山積みらしい。

水竜族にとっては褒美が財宝で済んでくれたほうが、ありがたいということだろう。

(う、うーん。それを聞いちゃうと、食料事情もなんとかしてあげたくなるけど……こればかりは、どうしようもないのかなぁ。モンスターのドロップアイテム産の食べ物はそこそこ持ってるけど、今後ずっと食料を供給するのは難しいし……って、ん？　ドロップアイテム？　今後ずっと？）

そこでふと、ローナの中でひらめくものがあった。

「あっ、そうだ！」

「「る？　どうかしたのか、げぼく？」」

「はい！　ひとつ、ご提案なのですが――」

そして、ローナは告げる。

「――地上の人間と、〝うぃんうぃん〟になりませんか？」

◇

――地上の人間と、〝うぃんうぃん〟になりませんか？

ローナがそう提案してからは、一騒動があった。

というのも、『ローナ以外の人間と関わるのは不安だ』という水竜族の声が少なからずあったためだ。

なんでもこの国では、１０００年前に人間と関わったことで、地上と大きな戦争が起きたらしい。

そのときに水竜族は海底の道を閉ざし、人間との交流を完全に絶つ道を選んだのだとか。

ローナを見たことで、水竜族たちの人間への不安は少し解消されたものの……。

やはり、人間への苦手意識をすぐに克服するのは難しいだろう。

しかし、そんな水竜族たちを説得したのは——ルル×2だった。

「——ルルは地上を見てきた」

「地上の人間は、みんな悪いやつらだって思ってた」

「だけど、みんなルルたちと同じように生きていた。猫っていう化け物もいたけど……うまいものがたくさんあって、たくさん家があって、たくさん人がいて」

「げぼくみたいな、いいやつもいて」

「つまり、ルルがなにを言いたいのかというと……」

「「食い物が欲しくないかーッ!!」」

「「うぉおおお——ッ!! 欲しいぃいい——ッ!!」」

「ルル……いつの間に、そんなに大きくなってっ！ おぉおんっ！ ルルぅうう！ パパ、見てるぞぉおお——っ！」

「「パパ、うるさい」」

そんなこんなで、反対意見などもあったものの。

ひとまず試験的に、ローナが信頼している相手と交流してみようという話になったのだ。

一方、その頃。地上では――。

（……遅いわね、ローナちゃん。いえ、あの子のことだから心配はないと思うけど……）

ローナの帰りを待っていたアリエスは、不安げに海辺を行ったり来たりしていた。

ローナの帰りが遅くなるにつれ、さすがのローナでも海底王国へ行くのは無謀だったように思えてきたのだ。

水中でモンスターに襲われたら、地上と同じように戦えるとは思えないし……。

なにより、『人と水竜族がかつて戦争をしていた』『水竜族は人間の生贄を求めていた』といった伝承もあるのだ。

無事に海底王国にたどり着けたとしても、水竜族たちに襲われてしまうかもしれない。

（あぁ～っ！　やっぱり、引きとめるべきだったかしら……うぅ～っ）

と、アリエスが、がしがし髪をかいていたところで。

「「――あっ、いたいた！　アリエスさ～ん！」」

「……え、ローナちゃん？」

背後から、てててっという足音とともに、ローナの声が聞こえてきた。

いつの間にか、ローナは無事に海から上がっていたらしい。

アリエスはほっとして、声のほうへとふり返り――。

「ローナちゃ……んんんッ!?」

――絶句した。

ありえないものが見えた気がしたのだ。

しかし、アリエスが目を何度こすっても、見えるものは変わらず……。

「「「……？　どうかしましたか？」」」

「い、いえ、どうかしてるのはローナちゃんというか……なんでローナちゃん、３人に分裂してるの？」

「「「あっ、これは装備スキルの検証をしてたらこうなりました！　お気になさらずに！」」」

「そ、そう……まあ、ローナちゃんが変なのはいつものことだし、これぐらい驚くことでもないか……」

「「「……？」」」

ローナがきょとんと首をかしげる中、アリエスはいろいろ慣れたように気を取り直す。

「それで、わたしになにか用かしら？　やっぱり、海底王国アトランへの道がわからなかったとか？」

「「あ、いえ！　アトランには普通に行けました！」」

「そ、そう」

おとぎ話の国に行っている時点で、普通でもなんでもない気がするが……。

ローナとの会話でそこをツッコんでいたら話が進まなくなるので、アリエスは黙って続きをうながした。

「「ただ、そこで『これからは人と水竜族で交流したいね』という話になりまして！　それで、地上の人間代表として、アリエスさんに来てほしいなぁ、と！」」

「うんうん……うん？」

「「じゃあ、さっそく行きましょう！　あっ、ドワーゴさんもつれて行きたいですね！　ちょうど水竜族の人たちは、鍛冶についても興味があるみたいで……」」

「いや、ちょっ……待って？　えっ？　行くって、海底王国アトランに？　えっ、待っ――」

「うぉおおっ!?　なんだ、ローナの嬢ちゃんが3人――!?」

そんなこんなで、状況を理解していないアリエスとドワーゴを、海底王国アトランまで運んでいき――。

それから、20分後。

海底王国アトランの中には、ぽかんとしたように立ち尽くすアリエスとドワーゴの姿があった。

「……マジかよ、おい。マジでおとぎ話の海底王国アトランじゃねぇか、ここ……」

「いや、というか……人と水竜族の交流って、かなりの歴史的大事件よね？　わたしが地上の人間代表って……えぇ……」

ちなみに、ドワーゴは海が苦手なようで、道中もずっとそわそわしていたが……。

海底王国アトランに入るなり、恐怖心などはどこかへ吹き飛んだらしい。

「う、うぉおおっ!?　なんだ、ここにあるもんはっ!?　どれもこれも古代技術の結晶じゃねぇか!?　つーか、なんだこの硬さと柔軟さのバランスは……成分比率はどうなってんだ!?」

と、年がいもなくはしゃぎだした。

「あの、地上の鍛冶師の方ですか？　こちらの槍を見ていただきたいのですが。少しガタが来ていまして……」

「――ああん!?」

「ひっ!?」

「なんだこりゃあっ!?　こんなの国宝級じゃねぇかっ！　こ、こんな槍の形状、思いつきもしなかったぞっ！　な、なるほど、そういうことか……や、やべぇ、鍛冶のアイディアがどんどんわいて来やがるっ！」

「は、はぁ……」

「ああもう、我慢できねぇ！　鍛冶場はどこだ!?　ここにある武器、全部オレに修理させせろ！」

「あ、あの、武器だけではなく、鍋や家具などの日用品もガタが来ていまして……」

「ああん、日用品だぁっ!?」

「ひっ、ごめんなさいっ！」

「だったら、ちょうどいい！　ちょうど在庫を処分したいと思ってたところだ！　うちに大量にあるから、また今度持ってきてやる！」

「え……？　あ……ありがとうございます！」

そんなこんなで――。

ドワーゴのほうは、さっそくいつもの調子を取り戻して、水竜族となじみ始めたようだ。

（うん、ドワーゴさんは大丈夫そうだね。ただ、アリエスさんのほうは……）

と、ローナはアリエスのほうを見る。

アリエスは今――港町アクアスの代表として、海王と面会していた。

「わ、わた、わたしは、港町アクアスの代表のアリエス・ティア・ブルームーンでしてぇ……水竜神殿で巫女もしているので、海王様のことは伝承などでかねがねぇ……ふひ……ふひひ」

どうやら、アリエスのいる水竜神殿では水竜族が信仰の対象らしい。そのせいか、アリエスはガチガチに緊張して、先ほどから気持ち悪い笑みを浮かべていた。

その様子に、海王が不安そうにローナに耳打ちしてくる。

「ろ、ローナ殿？　本当に大丈夫なのか、この人間は？　なにやら『わたしは少女を隠し撮りしました』という紙を首からさげているが……」

「だ、大丈夫です！　アリエスさんはいい人ですよ！」

「これが、いい人間……なのか？」

「少女を隠し撮りしてるのに……？」

「やはり、人間はやばいのでは……？」

「なんなら、ローナ殿が一番やばいしな……」

さっそく、水竜族の人間に対するイメージがマイナスにかたむきだしていたが。

「しかし、ブルームーンというと……水竜神殿の巫女一族か。まだ存続していたのだな」

「へっ、ご存知なのですか？」

「ああ……過去にいろいろあったのでな。しかし、まさか水竜の巫女とこうして対等な席に着く日が来るとは……先祖が知ったら喜びそうだ」

と、海王が穏やかに微笑む。

その顔を見て、アリエスもだんだん緊張がとけてきたらしい。

「それで、ローナちゃん？　どうして、わたしがここにつれて来られたのかしら？」

「あっ、それはですね――」

と、ローナが事情の説明をした。

「まず、海底王国アトランは、食料が不足していますが……港町アクアスでは、水曜日のドロップアイテムのおかげで食べ物がたくさん余っていますよね？」

「うむ」

「ええ」

その言葉に、海王とアリエスがこくこくと頷く。

「それから、港町アクアスは今、復興のためにお金が不足していますが……海底王国アトランでは、使い道のない財宝をたくさん余らせていますよね？」

「うむ」

「ええ」

ふたたび、海王とアリエスがこくこくと頷く。

つまり――。

「お互いに余っているものを出し合えば――〝うぃんうぃん〟ですごいんです！」

「「お、おおおっ!?」」

ローナの言葉の意味はわからずとも、なんとなくニュアンスは伝わったのか。

アリエスと水竜族の双方から歓声が上がった。

「しかし……こんなキラキラしているだけの財宝《もの》に、本当に価値があるのか？　金属としてもやわらかすぎるし、使い道が思い浮かばぬが……」

「い、いえいえ、海王様！　その金貨1枚があれば……このツボいっぱいの魚が買えますよ！」

「そ、そうなのか!?　こんなの宝物庫《ものおき》に山と積んであるぞっ!?」

「うちも倉庫いっぱいにドロップアイテムの魚が積んでありまして……商人も来ないし、次の水曜日になったらまた魚が増えるしで、このままでは腐らせてしまいそうで……」

「な、なんともったいない！　では、ここにある金貨で、ありったけの魚を頼む！」

「ひ、ひぃぃぃっ!?　こ、こんなお金見たことないぃぃ……っ！」

と、アリエスは最初ビビりっぱなしだったが……くわしい取引についての話になると、そこは仕事をしていて慣れがあるのか、てきぱきと話をまとめていってくれた。

そうして、お互いが納得いく形で、取引がまとまったところで。

アリエスと海王は、がしっと握手をかわした。

「ありがとう、人の子よ。これで、我が国の食料事情は改善されるだろう」

「い、いえいえ！　こちらも大助かりですので！」

「しかし……ふっ。まさか、人とまたこのように手を取る時代が来るとはな。ローナ殿には本当に感謝してもしきれぬよ」

「ふふふっ、そうですね」

「む？　もしかして、おぬしもローナ殿に……？」

「はい、わたしのほうは――」

「なるほど、やはりローナ殿は、人間の中でも特殊――」

と、なぜか途中からローナトークで盛り上がりだす２人。

とにもかくにも。

（うん！　とりあえず、うまくいきそうだね！）

と、ローナはほっと胸をなで下ろしたのだった。

◇

それから、夜――。

さっそく、港町アクアスからドロップアイテム産の食べ物が運びこまれて宴会となった。

国をあげての大宴会である。

海底王国アトランの中だと、今まで大勢が集まれるスペースがなかったようだが……。

ちょうど、だだっ広いボス部屋――もとい〝聖地〟が使い放題になったので、そこにテーブルや料理が持ちこまれ、国中の水竜族たちがやって来た。

「今日は、この海底王国アトランが始まって以来のめでたい日である！　今後はもう怪物に怯える必要も、食べ物に困る必要もない！　明るい未来への潮目だ！　大いに騒げ、海の民たちよ！」

「「うぉおおぉお――ッ!!」」

と、水竜族たちが酒杯を爆発させるように乾杯をする。

宙を泳ぐように舞う、色とりどりの魚やクラゲの群れ。

美しく奏でられる竪琴の音色と、幻想的な水竜族の唄。

そして、ローナの前のテーブルに並べられたのは、宝石みたいにカラフルにきらめくアトラン料理の数々だった。

（おお……生の魚っていうのもいけるね）

もむもむと幸せそうに刺身を頬張るローナ。

芸術的に盛られた新鮮な魚の刺身に、フルーツクラゲを使った深海ゼリーに、サンゴツリーの果実……と、見慣れないものが多かったが、食べてみたらどれもおいしかった。

どうやら、アトランでは燃料や調味料が少ないこともあり、『生の食材を素材の味を活かして調理する』という方向に料理が進化しているらしい。

刺身には驚くほど臭みがないし、魚の切り方ひとつにさえ職人技を感じる。

また、魚を発酵させて作る魚醤《ぎょしょう》というソースが、刺身とよく合っていた。

このアトラン料理は、シーフードを食べ慣れているアリエスとドワーゴにも好評らしく。

「へぇ……この塩辛はいいわね。お酒が進むわ」

「このサンゴ酒ってのとも相性が抜群だな」

「この料理や酒も、地上で売れるかも……うふっ」

「おい、しばらくは売んじゃねぇぞ。オレの分がなくなるだろ」

と、2人で楽しげに酒をくみかわしていた。

少し前までの2人を知っている人物が見たら、思わず目を疑うであろう光景だった。

一方、ローナのほうは――。

「ふむ、今の地上はそんなことになっているのか……」

「るっ!? 伝えられてる話と、全然違うぞ！」

水竜族たちに「地上のことを話してくれ」と言われたので、いろいろ旅の話などを聞かせていた。

どうやら、水竜族たちはローナやアリエスたち人間を見たことで、地上について興味がわいてきたらしい。そして、エルフと同じく刺激に飢えていたためか、ローナが思っていた以上に話に食いついてきた。

ローナはわからないことはインターネットで調べつつ、これまで撮ってきた写真やインターネットの画像なども見せながら、地上について説明をしていく。

「るぅ……木がどこまでも生えてる森か。まるで、おとぎ話だな」

「はい、そこにはエルフって人たちが住んでいて……あっ、エルフといえば、そうだ！　ちょうど植物にくわしいエルフの知り合いもいるんですが……この〝聖地〟で、畑なんかも作ってみませんか？　広いし日光もありますし！　エルフの人たちはシーフードが好きなので、お刺身をあげれば喜んで手伝ってくれると思います！」

「るっ！　食い物が増えるのか？」

「はい！　あと木も植えれば、薪《まき》もたくさん手に入りそうですね！」

「るっ！　秘密基地みたいで楽しそうだ！」」

「夢が広がりんぐですね！」

と、ローナとルル×2が未来のことについて話し合う。歴史に名が残るような偉業をやっているという自覚はないのか、遊ぶ計画を話すように楽しげに――。

その光景に　海王エナリオスが優しげに目を細めると。

「……新たな波、か。もはや、わしらの時代ではないのかもしれぬな」

そう言って、すぐ側にいる人物へと視線を向けた。

「おぬしもそうは思わぬか？　魔女マリリーン――いや、古の巫女マリリーン・ティア・ブルームーンよ」

「…………ふんっ、バカみたい」

海王に声をかけられた魔女マリリーンは、不機嫌そうにそっぽを向く。

ただ、その声には先ほどまでのような力はなかった。

魔封じの手錠をつけられて、なぜか宴の隅っこに座らされていたが……こんな手錠がなくても、魔女マリリーンにはもう、なにかをする気力なんてなくなっていた。

「たしかに、ローナ・ハーミットの頭脳は認めるわ。本当にどこまで先を読んでいたのか恐ろしくなるほどにね。だけど……人と水竜族が仲良くなれるわけがない。どうせまた戦争にでもなって、すぐに海が閉ざされるだけよ」

「ああ……おぬしの時代はそうだったかもしれぬな」

「ふんっ……本当に、あたしのことは全部知ってるみたいね。なら、わかるでしょう？　人と水竜族がかつて手を取り合おうとして——失敗したことは」

魔女マリリーンは思い出す。

かつて、人と水竜族が交流をしていた時代を……。

水竜族は人から〝巫女〟を受け取り、その見返りに財宝を授けたとされる。

王の血を混ぜた人間——水竜の巫女。

それを、水竜族たちは怪物への生贄に捧げていた。

それは世界を救うためには仕方のない犠牲だった。

しかし、あるとき……海王と生贄の巫女が、恋に落ちてしまった。

許されない恋だった。それを良く思わない者たちによって、人と水竜族は戦争になり——。

『だから言ったのだ！　人と関われば災いが起こると！』

『海王をたぶらかした悪しき魔女め！』

『どこだ！　見つけて殺せ！』

魔女マリリーンの脳裏に、いまだに鮮明にそのときの光景がよみがえる。

人々の怒号、憎悪の視線、こちらに向けられる槍の穂先。

そして、愛する人へと伸ばした手も、冷たい目で拒絶され——。

『――――どうして』

魔女マリリーンは、時空を封じる〝魂の手匣《タマテバコ》〟という古代遺物《アーティファクト》にとらえられて、海のいずこかへと流された。

そして、彼女が次に目覚めたときには、1000年もの月日が流れていた。

その間に、海は人を拒絶するように閉ざされ、水竜族はおとぎ話の存在になり、地方で権力を握っていた水竜神殿は落ちぶれ――。

魔女マリリーンは、その元凶を作った〝古の悪しき魔女〟として名が伝えられていた。

「……ええ、そうよ。あたしがいたせいで、人と水竜族の間には癒えない溝ができたの。そんな悪い魔女をこのめでたい席に呼んで、どういうつもり？　当てつけのつもり？　それとも、見世物にして楽しむつもりかしら？　まあ、なんでもいいわ……どうせ、あたしは生贄として生まれた身。煮るなり焼くなり、好きにしなさい」

「いや、そんなことはせんよ。わしの先祖からも、いつかおぬしが来たらよくするようにと言い伝えられているのでな」

「……どういうこと？」

「正直、わしにも意味がよくわからなかった。しかし、その答えは……ローナ殿が教えてくれた
――ローナ殿、彼女にあれを見せてやってはくれぬか？」

「あっ、はい！　わかりました！」

海王がローナを呼ぶと、彼女は「広告スキップ……広告スキップ……よし！」と呟きながら、虚空を指でつんつん叩きだす。それからしばらくすると、ローナの前に光の板のようなものが現れた。

「……？　なによ、これ？」

「えっと、説明が難しいのですが……とにかく、〝いべんとむーびー〟っていう神々の記録みたいなものです！　それじゃあ、再生しますね！」

と、わけがわからないうちに、光の板の中に映像が浮かび上がった。

そこに、幻影のように映し出されていたものは――。

「…………え？」

ありえない。魔女マリリーンは目を疑う。

それは、海底祭壇の光景だった。

封じられた怪物に、生贄を捧げるための門。

そして、その前にいたのは――涼しげな眼差《まなざ》しをした銀髪の青年だった。

『…………私はこれから、この身を生贄に捧げる。そのことに悔いはない……全ては私の愚かさが招いた責任だ……ただ、人と水竜族が対等に付き合える世にしたかったが……海は閉ざされ、もうこの国が人と関わることはないだろう……』

銀髪の青年の口から、凪いだ水面のような穏やかな声がつむがれる。

映像は古ぼけた本のように、ノイズまじりでセピア色にかすんでいるけれど……間違いない。

「…………シリュウ様？」

魔女マリリーンは、その名を呼ぶ。

かつて、生贄になることが怖くて泣いていた少女に、手を差しのべてくれた青年。

１０００年前に恋に落ち、自分を捨てた――海王。

その青年が、あの日と同じ姿でそこにいた。

『……君が目覚めるのは１０００年後か……途方もなく遠いな……どんな時代になっているのだろう……人と水竜族はまた手を取り合っているだろうか……せめて、誰も君のことを〝生贄〟とも〝悪しき魔女〟とも呼ばぬ、平和な世になってくれればよいが――』

わからない。

冷たい目で突き放されて、捨てられたはずなのに。

どうして、彼は――優しげな眼差しで。

優しい笑顔で、優しい声で、優しい言葉をかけてくれるのか。

『……君に生きてほしかった……もう私が側にいられないのだとしても……私のことなど恨んで、忘れて……いつかどこかで君が笑ってくれるのなら……そんな未来が、よかった……しかし……君は知らない時代で、ひとりぼっちになっていないだろうか……泣き虫の君のことだから、またひとりで泣いてはいないだろうか……』

これは、きっとただの幻だ。

悪い魔女を笑いものにするための罠なのだ。

それでも――。

『……君とまた、一緒に海蛍を見たかったな……きっと君は知らないだろうけど、春になると海底にもサンゴの桜が咲くんだ……他にも……たくさん……たくさん、あるんだ……一緒に見たいものも、伝えたいことも……本当は、たくさん……だけど、君に伝えることは許されなくて……』

映像の中の青年が、こちらへと手を伸ばす。

誰にともなく伸ばされた手。

幻だとわかっていても、魔女マリリーンは彼へと手を伸ばし――。

「…………ぁ……」

しかし、2つの手が触れ合うことはない。

まるで、水面に浮かぶ月のように――。

『ああ……この声が、君に届かなくてよかった……今ならもう、素直に口に出しても許される……』

そして、本来ならば伝わるはずのなかった言葉が――。

つむがれた。

『…………愛してる…………』

その一言を残して。

青年の姿が、門の向こう側へと消えていく――。

そして――映像が終わった。

宴の喧騒の中、魔女マリリーンの周囲だけが静まり返っていた。

「…………バカ、みたい……」

しばしの沈黙を破るように、魔女マリリーンはふんっと鼻を鳴らす。

「……こんなのは、ただの幻よ……こんなの見せられて……どうしろっていうの……？　今さら……幸せになんて、なれるわけないじゃない……こんなの、見たって……あたしは……っ」

「ああ、だが……それでも」

海王エナリオスは彼女の顔を見て、そっと視線を外す。

やがて、その場には、幼い少女がすすり泣くような声が響きだした。

「――おぬしに伝えられてよかった」

第16話　船に乗ってみた

海底王国アトランが地上との交流を決めたあと。

それから数日間は、ローナにとって目の回るような日々だった。

「ローナちゃん、ごめん！　こっちの魚もお願い！」

「ローナの嬢ちゃん、すまんな。これが運んでほしい日用品のリストだ」

「るっ、げぼく！　食い物はまだか！」

「は、はいぃ～っ！」

ファストトラベルとアイテムボックスがあるローナは、物資の運搬役としてひたすら地上と海底を行ったり来たりすることになったのだ。

とくに運ぶのが大変だったのが土だった。

食料・薪不足の改善のために、〝聖地〟で農園を作ることにしたのだが……。

海辺の土は塩気を含んでいることもあり、エルフの隠れ里まで何度も転移して、土をもらって来る必要があった。

さらに、相談役のエルフのザリチェが――。

「……〝聖地〟？　海底の土地？　なにそれ、面白すぎますわぁ♡」

と、張り切りまくって、多種多様な土をローナに運ばせたのだ。

ただ、そうして苦労したかいもあり……。

気づけば、海底にある〝聖地〟の中には、ちょっとした浮島みたいなものができていた。

そこから、農園作りを始めることになったが……。

人手が足りなかったので、ローナは助っ人を呼ぶことにした。

「というわけで、みなさんにも農園作りを手伝っていただけたらなと！」

そうして、一堂に会することになった六魔司教とエルフ集団（呼んでみたらどこからともなく、しゅた――っと出てきた）。なにげに歴史的大事件であった。

「ほぅ……原初の水を屠《ほふ》りましたか」

「さらには……水竜族をも支配し、制海権を……」

「原初の水を倒し、ふたたび世界を救うとは！」

「……さすがは、我らが神っ！」「さすがは救世主様だ！」

「「「…………ん？」」」

黒ローブ集団とエルフ集団が顔を合わせ――。

途端に、ばちばちと火花を散らして睨み合う。

「おい……エルフ風情が……なぜ、ここにいる？」

「それはこちらのセリフだ……見るからに怪しいやつらめ」

「……救世主様とはどんな関係だ？」

「ふっ……我らは神の〝ズッ友〟である……」

「……見るがよい……この生写真を……」

「「「――っ!?」」」

ローナと六魔司教の〝まよねぇず完成記念〟の写真に、エルフたちがたじろぐ。

「……これぞ、神々の試練を乗り越えた、我らだけの神器……」

「……我らと神との……永遠の絆の証である……ッ！」

「くっ、うらやま――いや、しかし！　我らにはこのローナ様人形という御神体がある！」

「それも、救世主様が直々にお作りになられたものだ！」

「ま、ましゃか……っ!?　御神体もらってないやつ、おりゅ……っ!?」

「「「……ぐぅうぅッ!?」」」

エルフたちがローナ人形――もとい身代わり人形を見せると、今度は六魔司教がたじろぐ番だった。

そうして、両者はバチバチと火花を散らして睨み合い――。

「あっ、さっそく仲良くなったんですね！　みなさん！」

「「――はい」」

そんなこんなで。

通信水晶越しのザリチェの指導のもと、みんなで仲良く農園作りが始まった。

魔女マリリーンもあれから心境の変化があったのか、灌漑《かんがい》施設などの水回りの施設作りに、積極的に協力してくれていた。

そんなこんなで、〝聖地〟の開拓は急ピッチで進んでいき――。

「う、うむ……この調子だと、すぐに〝聖地〟に新たな町ができそうだな」

海王がその様子を見て、苦笑まじりにそう言った。

「地上と海底は、まだしばらく限定的な交流になるだろうが……これは、大きな一歩だ。本当に……ありがとう、ローナ殿」


こうして、ローナが港町アクアスに到着してから、またたく間に1週間以上が過ぎ――。

ついに、王都からの定期船がやって来る日となった。

ローナが出ていくということで、アリエスやドワーゴをはじめとする別れを惜しむ町民たちがつめかけた。

「寂しいよ、ローナちゃんんん……っ！」

「え、えっと、また戻ってきますからね、アリエスさん？」

「ふん……また来い。アトランの技術も取り入れて、斬一文字を超える剣をすぐに打ってやる」

「え？　あ、はい」

そう返事をしつつ、ローナは自分の服のすそが引っ張られるのを感じた。

ふり向くと、そこにいたのは同じく見送りに来ていたルル×2だった。

「……本当に行くのか？」

「はい。といっても、すぐに戻ってくると思いますよ。ルルちゃんも知っての通り、私は転移ができるので」

「るぅぅ……」

ローナが必死になだめても、ルル×2は不満そうに頬を膨らませる。

やはり、ここ最近はずっと一緒にいたので、これからもずっと一緒にいられると思っていたらしい。

「る……ならば、またいつでも召喚しろ」

「ルルは立派な海王になる。だから、ルルはもっと地上のことを学ぶ必要がある――おもに食い物のこととか」

「あ、はい」

よだれを垂らしているルル×2を見て、なにかおいしそうなものがあれば召喚してあげようと思うローナであった。

なにはともあれ、これからもっと旅がにぎやかになりそうだ。

そうして、ルル×2との別れの挨拶も済ませたあと。

ローナが船に乗ろうとしたところで。


「「あ、ありがとう……ローナ」」


ふと、そんな声が聞こえてきた気がした。

「……あれ？　ルルちゃん……今、私の名前を？」

「「げ、げぼく！　げぼくって言ったから！」」

ルル×2がちょっと顔を赤くしながら、「「とっとと船に乗れ！」」とローナの背中を押す。

そして、ローナは今度こそ船へと乗りこんだ。

甲板の上からふり返ると、視界に映るのは、見送りに来てくれた港町アクアスの町民たち。

さらに、人目のつかない岩礁からは、水竜族たちが手を振っていた。

（……楽しい町だったなぁ。こうして旅立つのは、やっぱりちょっと寂しいけど……）

ここで出会った人たちの姿を見て、ローナはちょっとしんみりするが。

（ただ……まあ、うん。べつに戻りたいときは一瞬で戻れるんだよなぁ）

自分の能力が便利すぎて、旅情もへったくれもなかった。

ここまで別れを惜しんでもらった手前、明日とかに「シーフード食べたいなぁ」とか思って戻ったら、さすがに気まずいことになりそうだ。

とか思っているうちに、出発の笛が鳴らされ、船がゆっくりと動きだした。

「おおぉっ！　動いた！　動いた！」

ローナはちょっとテンションを上げながら、船が進む先へと目を向ける。

船の前方に広がるのは、見わたすかぎりの大海原。

その水平線の先に――ローナの目的地である王都ウェブンヘイムはあるはずだ。

◇

一方、王都からの定期船で、町に出戻ってきた町民たちは――。

「な、なんだこりゃ……」

船着き場で呆然と立ち尽くしていた。

ついこの間までとは、まったく町の様子が違っていたからだ。

魚市場には色とりどりの魚や貝が並べられ、活気のある売り子たちの声が飛びかい、屋台からはハイパーサザエをあぶる煙が立ちのぼっている。

それはまるで、昔の港町アクアスの光景そのもので。

失われたはずの懐かしい光景で……。

逃げたことに負い目を感じつつ、故郷の復興を手伝おうと張り切っていた町民たちは、出鼻をくじかれて口をぱくぱくさせることしかできない。

「アリエス様？　これはいったい、なにが……？」

やがて、出戻りの町民のひとりが、近くにいたアリエスに尋ねると。

「そうね、いろいろありすぎて……どこから話せばいいのかしら」

と、アリエスは少し困ったように眉尻を下げて、苦笑してから。

――やがて語りだした。

これから何度も語ることになるであろう物語を。

「始まりは1週間前。ひとりの女の子が、この町にやって来たの――――」

あとがき

どうも、坂木持丸《さかきもちまる》です！

このたびは、本作を手に取っていただきありがとうございました！

ふたたび皆様にお会いできたことを、うれしく思います！

さて、ここで最近あった面白エピソードや制作秘話を書きたいなと考えていましたが……とくに書くことがなかったので、とりあえず作中の名前の由来コーナーやります。

・ローナ……「なろう」
・ラインハルテ……「L○NE」「雷（らい）」。「テ」は「疾風（はやて）」を意識したため。
・エリミナ……「消滅・排除・予選で落とす」などの意味の言葉から。
・ブラウ＋ラウザ……「ブラウザ」
・ザリチェ……「毒草を蔓延させる悪神」
・ドワーゴ・ニコドー……「ド○ンゴ」＋「ニ○動」

・ルル・ル・リエー……「ルルイエ（クトゥルフ神話の海底に沈んだ都市）」
・マリリーン……「海（マリン）」「魔術師マーリン」をなんかこう足し合わせたみたいな。
・ブルームーン……「同じ月に2つの満月」「叶わぬ恋」
・イフォネの町……「ｉＰｈ○ｎｅ」
・港町アクアス……「アクア」＋「ＡＱＵ○Ｓ」
・ウルス海岸……「ウイルス」。モンスターが増殖するイメージから。
・終末竜ラグナドレク……「ラグナレク（終末）」＋「ドレイク（竜）」
・雷獅子エレオン……「エレキ」＋「レオン（雷・ライオン）」
・近海の主ギガロドン……「メガロドン（でかいサメ）」＋「ギガ」
・原初の水クリスタル・イヴ……「水晶」＋「クリスマスイヴ（誕生のイメージから）」
・殺刀・斬一文字……「殺（キル）」＋「斬る」＋「菊一文字」
・エルフせんべい……指輪物語のレンバス（エルフの薄焼き菓子）から。

書ききれないので、このぐらいで。

基本的にはＲＰＧっぽさ・わかりやすさ・語感のよさを優先して名前をつけていますが、一瞬で倒されるザコモンスターの名前もけっこう頑張って考えていたりします。

とまあ、そんな感じで作っている本作ですが……なにはともあれ、今回も楽しんでいただけましたら幸いです！

それでは、最後に謝辞を。

SQEXノベル編集部を始めとする全ての関係者の皆様。

1巻に引き続き、とても丁寧な本作りをしていただき、ありがとうございました。

今回もいろいろとフォントをいじっていただいたわけですが、傍から見ていて「本のフォントを変更するのってこんなに大変なことなんだな……」と改めて痛感しました。本当にありがたい。

また、イラストを担当してくださったriritto先生。

1巻に引き続き、こちらのイメージを上回りつつ「これしかない！」というドンピシャなデザインを作っていただき、ありがとうございました。

海が舞台ということで水属性キャラをたくさん出してしまいましたが、それぞれのキャラを本当にうまく描き分けてくださり……そのうえ、ルルの水かきのような細部のデザイン設定までこだわっていただき、「デザインの引き出しやばいな……」とひそかに戦慄していました。本当にありがたい。

そして最後に、読者の皆様には特別な感謝を。

5月からは講談社様の「月マガ基地」にて、戸賀環先生によるコミカライズ連載も始まりますので、ぜひそちらも一緒に楽しんでいただければなと思います！

坂木持丸

ありがとう
ございました！

SQEXノベル

世界最強の魔女、始めました
～私だけ『攻略サイト』を見れる世界で自由に生きます～ 2

著者
坂木持丸

イラストレーター
riritto

2023年4月7日　初版発行

発行人
松浦克義

発行所
株式会社スクウェア・エニックス
〒160-8430
東京都新宿区新宿6-27-30　新宿イーストサイドスクエア
（お問い合わせ）スクウェア・エニックス　サポートセンター
https://sqex.to/PUB

印刷所
図書印刷株式会社

担当編集
増田翼

装幀
冨永尚弘（木村デザイン・ラボ）

ISBN978-4-7575-8517-1　C0093　　Printed in Japan